大好生活 6

歸鄉·溪州·青春夢

喬大與他的喬咖啡夢想屋

陳俊禎 著

推薦序

你若真心愛家鄉，不如為他做些事

吳晟（詩人）

自己的家鄉，自己要愛護；是我一輩子奉行不渝最單純的信仰。

我常向旅外遊子鼓吹：

你若真心愛家鄉，與其對他思思念念，不如為他做些事。

前些年，昔日學生俊禎，多次返鄉來看我，熱切討論，可以為家鄉做些什麼事。

俊禎果然將理念轉化為實踐，經常抽空回鄉，參與家鄉的文化、農事等活動。進而毅然決然辭去任職多年的高科技公司工作，全心投入愛鄉愛土的志業。除了經營「喬咖啡夢想屋」做為據點，最常奔波的是，善用他的人脈，推廣濁水溪畔肥沃黑色土壤孕育的溪州尚水米、芭樂等農產品。

返鄉三年來，俊禎藉由「喬咖啡夢想屋」與許多人結緣的故事，點點滴滴、一篇一篇紀錄下來，篇篇窩心、親切、動人。而今即將集結成冊，是農鄉文化一大喜事。

祝福俊禎和他的夢想；祝福人人的家鄉善良、和樂、健康。

推薦序

充滿愛心能量與工藝級的喬大咖啡

陳家聲（台灣大學教授）

相信大家對台灣之光的台積電公司一定不陌生，但是把半導體工程的思維、精神與工程管理技能，帶回並運用在日常生活事業中，卻是少有的！喬咖啡夢想屋就是這樣的一個經典！

雖然自己喝咖啡也有幾十年的時間，但是對喝咖啡的日常需求，就好像是喝白開水一樣，只是滿足生理上需求，很少用心去品味！直到在台大ＥＭＢＡ逸世會月會裡認識喬大，才開始學習用心品味咖啡，並將這樣的精神投入到個人日常的生活與工作中！

喬大好像真的是「被雷公打到喔」，放棄了數百萬年薪的工作，回到偏鄉故居溪州，建造了「喬咖啡夢想屋」，賣起咖啡來。他把半導體的工程師精神與方法運用在整個咖啡的製作過程，除了妥善選擇咖啡豆的來源外，自己親自烘製咖啡豆，並運用電腦把機器設備的烘製過程的溫度、濕度、壓力、時間……等紀錄，儼然是把大數據分析與管理，運用到咖啡豆的製作過程，記錄並品味每次烘製過程與咖啡豆的品感味道！說起來有點大材小用，但就是因為這樣的精神，才讓喬大咖啡與眾不同！稱其為工藝級咖啡實不為過！這代表的是台灣社會普遍缺乏的「匠人精神」！

更讓我敬佩的是，喬大對社會偏鄉及弱勢農民的大力協助，他把咖啡屋當做一個平台，利用自己的人脈，把自己當品牌，把人吸引到溪州來，為的是幫助溪州農民把農產品推銷出去，他一直秉持這樣的理念默默地去做。誰說工程、科技人員是冷漠的！我堅信：「科技發展與創新始終來自人性！」在喬大身上，我看到了「人性引領理性」，為社會的正面發展注入個人的力量。事在人為！相信你也會被喬大所吸引，喜愛上喬大，喜愛上喬大咖啡，因為在品嚐咖啡的同時，你也享受著愛與關懷的力量，他能夠啟動你對生命的正能量感受！

推薦序

離開自己的舒適圈，回到故鄉烘焙咖啡人生

簡禎富（清華大學講座教授暨美光講座教授）

很開心很早就認識喬大 Joey，一九九八年他來清華大學修習「紫式決策」課程，有了師生之緣和教學相長的機會；由於和台積電的產學合作計畫，以及二〇〇五年到二〇〇八年我借調到台積電擔任工業工程處副處長，常有機會在公司碰面或一起開會，總會開心地多聊幾句。

一個人要離開自己的舒適圈非常不容易，更何況是回到偏鄉經營不被看好的咖啡屋？Joey 願意放棄許多人羨慕的「科技新貴」身份，從原來帶領數百位部屬的企業主管，回到自己的家鄉溪州，讓自己成為品牌，用咖啡屋作平台，親力親為的幫忙在地小農推銷農產品，實在令人敬佩。

如果不是對土地和故鄉的熱愛，實在不容易堅持下去。做什麼就像什麼，是我對 Joey 的觀察。以前他在公司生產管理、資源調配並處理員工的問題，都能展現積極熱情；對於喬咖啡夢想屋，他也是盡全力扮演好角色，就連咖啡烘焙，也利用工程背景找出最佳烘豆曲線，並建立標準作業流程（SOP），以低溫慢火烘焙的方式，烘焙出溫潤順口、尾韻甘甜的咖啡。

我也是生長於桃園大溪鄉下，非常敬佩喬大回到彰化溪州建立的人情咖啡屋和所做的努力。誠摯地向您推薦這本新書《歸鄉・溪州・青春夢：喬大與他的喬咖啡夢想屋》，希望各位朋友們能夠來走走聽聽故事，並細細咀嚼喬大咖啡的滋味，應該會為社會帶來正面的能量與更多溫暖。

推薦序

為自己、家庭與家鄉，努力追夢

黃遠國（好同學同事朋友、台積電 F12A 廠廠長）

俊禎，我的好同學、好同事、好朋友。從年輕小伙子到中年男子，一直沒變的是那古道熱腸，熱於助人，重情重義的小伙子；變的是那對家鄉，對偏遠地區及對環境的愛。隨著年齡的增長，這位中年男子燃起了回鄉奉獻的熱誠和行動，參與了故鄉大大小小的活動，串起溪州美好的人情、風景、食物，進入了我們的生活，讓我深深感動。

喬咖啡夢想屋賣的不只是咖啡，更多的是夢想和溫暖，而這個夢想在喬伊的努力下正茁壯長大與實踐中，那是多麼令人感動的過程，令人敬佩的初衷。

俊禎感情豐富，心細情濃，善於用文筆傳遞心中的悸動和溫馨的事物。他藉此書的出版，鼓勵更多勇於夢想的年輕人為自己、家庭、家鄉努力追夢。就如同喬咖啡夢想屋正一步一步的實現自己的理想。祝福俊禎與碧珠早日夢想成真。

推薦序

喬伊之路：看見浪漫與無悔

洪錦輝（台灣智慧服務股份有限公司創辦人）

原來喬大被雷公打到回彰化溪州開「喬咖啡夢想屋」已經三年了，居然能把這三年來的心情筆記下來而且還出版了書，我倒是蠻詫異的，可見朋友們我們沒有讓喬大足夠忙啊。

一九九九年我從台積電前往德碁半導體製造部門報到的時候，喬大是當時的部門骨幹之一，Norman和喬大協助我了解當時的公司氛圍與製造部門員工心態，讓我能夠調整自己的節奏來融入部門運作，真是幫了大忙。

在這兩家公司辛苦的文化衝撞的過程中，也日漸加深了我對喬大個性「念舊與深情」的認識，這樣的善良也讓我特別的珍惜這份如同手足的襄助之誼。在後來的台積電與德碁合併的風風雨雨中，我相信也是基於這樣的情感，喬大願意隨我一起加入了台積電。

所以三年前得知喬大回彰化溪州開「喬咖啡夢想屋」，希望能夠為溪州故鄉做點事，我真的是感到非常的「意外」與「不意外」。感到意外的是，怎麼忍心放下台積電這麼穩定與優渥待遇的工作，當年可花了不少的心血爭取安排的，喬大嫂您也太高抬貴手了呀。感到不意外的是，這就是典型喬大會做的事，因為個性中的「念舊與深情」發作，正如同書中提到的「一個放棄模型賽車設計師的工作，跑回去種一年只有一收，網室草生栽培的葡萄，然後一年可能只有收穫二成而已。一個是被鬼王消遣不切實際卻依然堅持牛耕文化，種牛耕米的拖拖拉拉牛隊長。還有幾個女生放棄都市生活，寧願下鄉風吹日曬，每天在田裡跟農民在一起，只為了土地的永續，推動友善耕種，給農民較好的收益，卻頂著庫存的壓力四處推廣賣米，而且還要絞盡腦汁辦活動，增加溪州這個偏遠農鄉的曝光度。」喬大就是一個會這樣傻在一起的大哥哥與兄弟。

什麼是傻？什麼是精明？在人生的天秤上要如何計較？就像喬大的咖啡入喉的千般滋味、花香與餘韻，只有親自品嚐的人才能細細體會，本書一篇篇的記述著喬大這三年來在「喬咖啡夢想屋」的故事，喬大與朋友們分享著他的心情，我讀到的是「喬伊之路」，看見了他的浪漫與無悔。

推薦序

最美麗的人生第二曲線

李文娟（種子傳媒總經理、知名美食主播）

喬老大不姓喬，他本來有個非常理科男、也非常台積電工程師的名字：陳俊禎；現在，只有當他拿著手沖咖啡壺一邊精準地用水柱在咖啡粉上一圈圈畫著圓、一邊講解水流速與咖啡粉的關係時，這時，你才會感覺到陳俊禎的工程師DNA，還是深深地隱藏在他的血液之中。戴著吉普帽、一身印第安納瓊斯的帥氣裝扮，在臥虎藏龍的逸世會，喬大學長算是個特立獨行的存在，五十歲退休，開啟了與前半生幾乎毫不相干的志業。

其實，不少農家出身的上班族，都曾做過回鄉養老的夢，但大部分人應該會蓋一個時麾的農舍別墅，蒔花養草，偶爾做點投資悠閒度日；但喬老大偏不，彰化溪州出身的他，從科技菁英轉身回鄉務農，實打實地捲起袖子來親力親為，打造出一個純手工的小農咖啡品牌，從不會學到會，自己烘焙咖啡豆，甚至自己手做紅藜、黑米等各種雜糧麵包，拿出工程師的實驗創新與精準實作精神，他的咖啡和麵包還真精彩，直達匠人境界。

有幸喝到大師親自烘豆親自沖出精品咖啡的人，都會訝異於它的新鮮順口，先甘甜後果香的微妙轉變，格外令人驚艷！喬咖啡出品，必屬佳作，裝著手工烘焙精品咖啡豆的牛皮油紙袋，左上角用油墨蓋上了喬老大的Q版笑容頭像、右上角則是J. Café的電郵地址和手機號碼，簡潔明瞭，製造日期和豆子品種則是用手親簽上去的，增加了手作的溫度感！

喬學長回鄉之後，除了建立個人品牌，更已經成為溪州小農品牌大使，努力地將溪州好風景、好物產與更多都市好朋友分享，讓溪州被看見。有夢就去追，說到做到，是我覺得喬大學長最酷的地方，和他的國中學長陳昇一樣，喬學長也是那種Man味十足，有一點漂魄的男子漢，品喬學長的咖啡，最適合配上昇哥《歸鄉》這首歌，「曬穀場上的星空，南十字星在哪裡；春雨之後的芬芳，兒時的夢想在那裡」。

手沖咖啡壺在喬大學長的巧手施力下，拉出了細長的水柱，這應該是他最美麗的人生第二曲線。

推薦序

以家鄉泥土與人情溫度特調，佐以咖啡滋潤人心

羅友竹（新月梧桐餐飲集團董事長）

多年前，認識喬時，是在一個較屬於商業人士的社團裡，當時的喬，還是台積電的製造部經理，原以為科技人的直角思維，卻從未出現在朋友之間的談話裡。

朋友們一見面，喬便拿出手機，秀一下忙碌工作途中的景緻：光影斑斕的黃花風鈴木、隨風搖曳的粉紅羊蹄甲、蕭蕭秋

風裡的台灣欒樹……原來這位科技人的感性，就在身旁的每一天！

談起咖啡，喬細膩有層次，說起朋友、恩師，他總是深刻、感恩、還常眼眶泛淚，提起高士部落的小朋友們，他更是全心全意的付出關愛與幫助，而對於最親愛的老家：溪州，喬沒有空談，他做了傻傻又勇敢的決定，於是，「喬咖啡夢想屋」在溪州鄉的田裡生根了！

雨夜裡，聽著爵士樂烘咖啡的喬，現在要將這三年發生在喬咖啡的小故事，與朋友們分享，相信這會是一本有著家鄉泥土的養分、人與人之間的溫度、咖啡與空氣裡的香氣，滋潤人心的好書！

推薦序

鄉愁裡人和故事的流連，才有啜飲一杯咖啡的精彩

劉玉嬌（空中咖啡館創辦人）

一杯令人感動的咖啡，不僅是專業的表現，也是心的探索。

喬大回鄉！只有出身農家的孩子，才知道那一顆顆果實，都來自莊稼的辛勞。

謝天！一日辛勤勞作之後，喬大站在曬穀場上的星空下，遙望南十字星；感謝美妙的咖啡如此充實了每個人的味覺。

不只咖啡，喬大還記錄了咖啡館的種種，那是鄉愁裡人和故事的流連，才有啜飲一杯咖啡的精彩。

我是「空中咖啡館」JOY劉玉嬌，很高興推薦這本新書給您：《歸鄉・溪州・青春夢：喬大與他的喬咖啡夢想屋》。

推薦序

I care. I can. I change!

任樂倫（IC之音《C'est si bon 人生多美好》節目主持人）

曾經在全球最大的晶圓代工半導體製造廠擔任經理職的喬大，三年前回到家鄉彰化溪州，在田間開一家「喬咖啡」。很多人覺得不可思議：「哪個笨蛋來這兒開咖啡店，是給鬼喝喔？」

二〇一七年七月訪問喬大時，他提到取名「喬咖啡」的原因實在很有趣。「喬」源自他的英文名字 Joey，他的同事開玩笑：「喬老大在公司善於喬資源、喬機台，以後就到『喬咖啡』找喬老大喬事情。」

沒錯！喬大返鄉後繼續喬資源，他用「桶箍」打比方——古代的木桶，是用竹篾把一片一片的木板緊緊箍住做成水桶。喬老大放棄年薪數百萬的科技新貴光環回到家鄉，他要當那個竹篾，建立一個平台，整合農業資源，吸引人進來，領略溪州之美，也把溪州的農產品推出去。

挑戰當然很大。喬大受訪時引用ＩＣ之音的slogan: I care. I can. I change! 表明他的心志：「我關心家鄉的土地，我可以盡一己之力，於是從改變自己做起。」

我要獻上誠摯地祝福，邀您一起進入喬大的夢想屋。

推薦序

畢生總有一件事，值得讓自己全力以赴

李黛玲（藝人）

要說跟喬伊的結緣起始是源於公益活動。我一直獨自做著獨居老人跟貧困家庭孩子的補助，喬伊經由朋友知道了之後，幫忙募集字典、冬衣外套、舊的手提電腦讓我送上山，自此我們開始有互動交集進而熟捻。

性情中人的喬伊對家鄉一直有分深厚的情感，在工作之餘常見他返回溪州老家，也聽他談起拜訪老師關切自家土地的種植與發展推廣。不多時，他毅然決然辭去高薪工作，打算回到老家彌補年輕離鄉打拼讓他珍惜眷念的親情之外，更見他投入許多在地文化的實做與宣導推廣。

第一次去到他回家鄉後開的喬咖啡，我很難想像過去高薪的他如何能這般屈就？貨櫃屋架設而成的喬咖啡正式開幕後，喬伊仍舊入不敷出苦撐著在家鄉的日子。這當中看著許多支持他的朋友去找他給力，更多時見他po出獨自除草，一碗麵，夕陽西下，餵食流浪貓，打烊前的孤燈一盞……

好多朋友總在FB版上為他喊加油，我從不忍心寫下這兩個字，總覺得我太輕鬆打出的兩個字，會褻瀆了他的苦苦強撐。

心裡總有著太多心疼不捨，卻知道人畢生總有一件事是要讓自己全力以赴的。畢竟為了一份信念的付出，為了理想的努力，很多過程不為外人道，心路歷程他人也難理解的。這倘若不是一個感受纖細、有著濃厚情感深愛環境的人，是不可能有如此行事作為的！

我們的生命中許多的朋友來去，有些人雖然不是近距離在一起，然而感受始終雋永深刻，喬伊便是！很榮幸認識這一位朋友。祝福他，祝福他的家人，祝福溪州，祝福這些他所愛的，但願台灣的人文、土地，在這些有愛的人的努力下，可以愈來愈好。

推薦序

照亮屬於您的夢想基地

陳明珠（《客庄好味道》主持人、客家妹）

三年多前跟隨《客庄好味道》拍攝團隊，來到彰化溪州拜訪 Joey 哥和他的「喬咖啡夢想屋」，因此和 Joey 哥結下了這份珍貴的情誼，至今我們都像家人一般，心繫彼此。

記得在第一次聽到「喬咖啡夢想屋」這幾個字時，我在嘴裡喃喃唸了又唸這幾個字，心中浮現許多對於 Joey 哥的人物想像，我想像著這位我即將和團隊一起紀實的貴賓，一定是生性浪漫、有著赤子之心和勇敢靈魂的夢想家。

果真如此，短短兩天的相處，讓我們此生難忘，Joey 哥給我們最寶貴的禮物就是：永遠要相信夢想的力量，和我們心中善念的影響力。

Joey 哥的話語就和他給人的第一印象一樣，如山一般淵博，如海一般廣闊。他的文字既真實又夢幻，真實的是他對於萬物生命不變的真誠以待，夢幻的是他對於夢想不變的確信和期待。

在 Joey 哥的咖啡夢想屋當中，他用心烘培的咖啡香氣，吸引了同樣正在築夢的真誠靈魂來這交換故事，每一段故事都是宇宙中最獨一無二的結晶，是天上明星，也是地上的發光體。

而 Joey 哥就是那南十字星，望著他就感到安定，親近他就覺得光明。

期待 Joey 哥的文字，成為您的十字星，照亮屬於您的夢想基地。

作者序

追尋，夜空中最亮的南十字星

──喬出你的夢想、享受跳 tone 人生

小學四年級的冬天，每天清晨四點總必須在刺骨寒風中起床，喝口熱水後，望著天上的北斗七星，縮著頭外套拉緊，跟著阿嬤與阿公一起到洋菇寮工作。

阿嬤爬上棚架採摘一朵朵白白胖胖冒出頭的洋菇，我就在底下接滿一盆一盆送去前頭給阿公，然後爺孫倆一起切除洋菇的根部，留下農會所要求大約一公分左右的梗，小心翼翼地集

中到菜簍裡，平時一次大概收成一菜簍，大日子則會有二、三菜簍的收穫。天亮後，阿公再用鐵馬載去農會或黑市交貨，而我就去上學。七月份的早晨天亮得早，鄉下空氣清淨，沁涼的風輕輕的吹拂，遠方山脈層層疊疊，偶爾可以看見玉山探出頭來。溪底舅舅家正是忙碌的時候，早上要採收苦瓜，接著又得處理二期稻作的插秧。大舅精通日語，在一九七八年左右引進了力虎插秧機，在溪州這個農鄉算是農業機械化的先行者。

每天農忙之後，伴著夕陽暮色，家屋裊裊炊煙，拉著離啊卡回去。夏夜晚風，大稻埕上大人聊天喝茶，小孩則是在一旁嘻鬧，偶爾也望望夜空明亮的南十字星，這些都是我難以忘懷的回憶。

十六歲那一年，我跟隨著大一歲的小舅舅到新竹念明新工專，從此跟新竹結下了不解的緣份。在新竹工作置產、結婚生子，從來也沒有想過有一天居然會回到家鄉，甚至建造一幢咖啡屋賣起了咖啡。二〇一二年是人生的一大轉捩點，當時我正在台灣最大的半導體公司擔任主管，是人人稱羨的所謂「科技新貴」，大舅與阿嬤的相繼過世，讓我悲傷不已，再加上溪州農民在莿仔埤圳的護水抗爭，心中興起是否能幫家鄉做一點事情？文化季的攝影工作，帶農民到公司的家庭日擺攤，幫助芭樂與蕃茄小農在公司內做團購，帶同事回鄉參加溪州馬拉松，引薦餐廳與尚水米合作，讓朋友和同事們認識溪州。這期間得到國中老師詩人吳晟很大的鼓勵，他希望喬大能夠歸鄉為家鄉多做一些事情。

你是被雷公打到喔！

或許如老人家所說的：「你是被雷公打到喔！」我真的就放棄了數百萬年薪，回到這個偏僻農鄉溪州，然後很跳tone的建造了喬咖啡夢想屋，賣起咖啡來了。或許很多人會問，這麼做值得嗎？會不會後悔？我想得失之間要怎麼看，就在自己的心。把咖啡屋當做一個平台，利用自己的人脈，把自己當品牌，把人吸引到溪州來，多一個把溪州農產品推銷出去的機會，這是我回鄉原本的初衷，也秉持這樣的理念默默在做。因為這樣的緣份，遇到我的偶像、也是我的大學長昇哥回來做《歸鄉》專輯和黑泥季的演唱會。還有跟客家電視台《客庄好味道》的結緣，以及新竹IC之音、《安可人生》雜誌、中央廣播電台「空中咖啡館」、《自由時報》與《蘋果日報》的報導，這些都增加了溪州的曝光度。

回到故事開始的地方

回鄉三年了，藉由咖啡屋與許多人結緣，也發生了許多的故事，「喬咖啡夢想屋」不僅是農民會來的咖啡館，也是位處於光路與南充路這個十字路口的人情咖啡屋。有一天剛好與昇哥聊到，想把這些在咖啡屋發生的故事與人物記錄下來，沒想到昇哥居然十分鼓勵，要我趕快寫下來。於是興起了想結集成書的想法，一方面對自己的跳 tone 人生做個紀錄，希望透過這些小故事帶來一些溫暖，也讓大家看見溪州。感謝吳晟老師、昇哥與眾多朋友的鼓勵，龔師姐、KAWA與家人的支持，還有好友友竹的引薦，才得以認識大好文化的胡芳芳總編輯，讓這本書能夠出版。

「曬穀場上的星空，南十字星在哪裡，春雨之後的芬芳，兒時的夢想在哪裡」，這是昇哥《歸鄉》的歌詞。我永遠忘不了一九九五在新加坡工作時，看到了夜空中的南十字星，想起小時候在溪州溪底舅舅家的大稻埕，看到南十字星的記憶。時間這個輪子一直在行進，故事也持續在發生，咖啡屋裡還會有很多故事，夢想也會繼續堅持下去。

謹把這本書獻給我今年年初過世的父親：陳媽賜。

目錄

喬咖啡的緣由

——從科技人到中年咖啡大叔

心裡一直想著農民為什麼這樣辛苦，卻是被漠視被犧牲最弱勢的一群，思考著能不能為溪州做些什麼？回來要做什麼呢？如何去讓大家認識溪州呢？如果只是綁一塊田種稻子，那又有什麼意義？如何能夠吸引人來溪州？

五年前我壓根也不會想到，有一天我會回到故鄉溪州，開了一家貨櫃屋咖啡店。那時候我是台灣最大的半導體公司的製造經理，直接與間接帶領的部屬有上千人，是人人稱羨的科技

新貴，怎麼現在會是個在吧台沖咖啡、端盤子、做料理，有時背著除草機在園子裡割草的咖啡屋老闆。

人生的轉捩點

二〇一二年是我人生的一大轉捩點，那一年我升任經理，而從小教我種田的大舅，與這輩子影響我最深的阿嬤相繼過世。中科四期搶水的莿仔埤圳護水運動正到最重要的關頭，我心裡一直想著農民為什麼這樣辛苦，卻是被漠視、被犧牲最弱勢的一群，我思考著能不能為溪州做些什麼？

詩人吳晟是我的國中老師，也是我非常敬佩的一位長者，他常常鼓勵我，希望我能回到故鄉幫忙行銷溪州。我在二〇一六年真的回來了，可是我回來要做什麼呢？如何去讓大家認識溪州呢？如果我只是綁一塊田種稻子，那又有什麼意義？如何能夠吸引人來溪州？

上帝果真替我開了扇窗。因為我本身愛喝咖啡，而且因緣際會下學會了烘咖啡的技術，以前在公司上班時，就常與我的同事、助理分享我烘焙的咖啡，受到很多好評，還有人要買。

我的英文名字叫 Joey，部屬都會叫我喬大人，或是喬大。有一天在閒聊當中，同事小芳就說：「老大，你平常在公司喬機台、喬人力、喬資源，如果你以後要開咖啡店，那就叫做喬咖啡好了。」就這樣，喬咖啡就誕生了。

二〇一六年六月七日，喬咖啡在成功旅社開始正式營運，九十六年的日式老屋瀰漫

著咖啡香，報紙電視媒體的報導也吸引了很多人的目光，再加上來看我的部屬同事們，甚至還有包遊覽車來的朋友，這樣的發展也正是我所希望把人帶來溪州的想法。但是，溪州不能只有成功旅社這個景點，再來我沒辦法在這幢老屋裡面烘焙咖啡和做吐司、司康、蛋糕等甜點，而且這裡的巷弄街道真的很難停車。

客人與農民之間的平台

喬咖啡夢想屋就是這三個考量下所建造而成的貨櫃咖啡屋，我把夢想屋結合在地的農業推廣，當成客人與農民之間的平台。例如介紹溪州優質友善的農產品給客人，當他們需要芭樂、葡萄、米或是蕃茄等農產品時，咖啡屋可以幫忙預訂，或是提供資訊。也利用在地的食材做黑米吐司、紅藜司康、香蕉磅蛋糕、蜂蜜鬆餅等烘培甜點；另外還配合莿仔埤圳文化協會推動溪州小旅行與黑泥季等文化活動。

粗估喬大回來這三年多來，因為喬咖啡而來到溪州的應該超過二千人，這不就是我要的效應嗎？

稻田上種起了咖啡屋，鄉村中年男子の慾

——夢想建造師 KAWA

夢想屋從一開始整地，就引起當地人的注意，原本都以為是要蓋房子，當一個一個貨櫃拼接出雛型，知道是一間咖啡屋後，更是受到村民議論：怎麼會有人想在這裡蓋咖啡屋？他傻了嗎？還是被雷打到了？

會認識 KAWA 其實是因為昇哥。我們都是他的歌迷，也

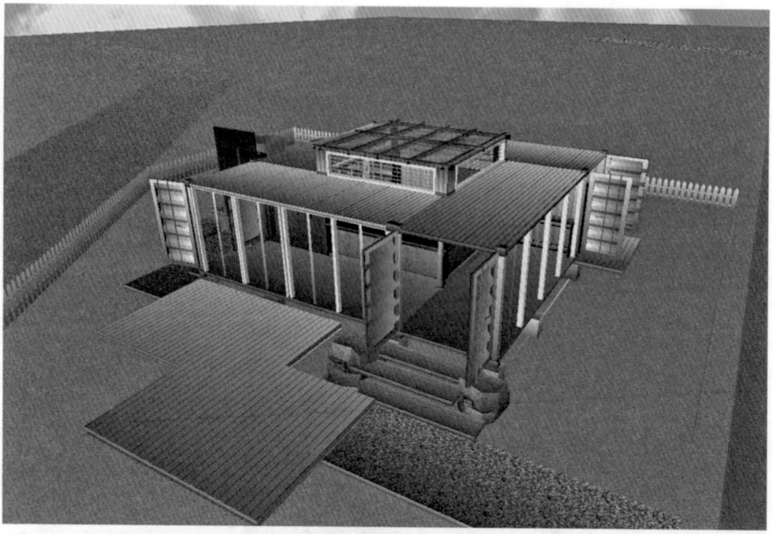

都是他不同階段的學弟，我是溪州國中時期，KAWA則是彰化高工時期。早期我們都在昇網與後來的昇樂園潛水，好像是在昇哥的十年紀念演唱會才認識，同樣是彰化人，所以就格外的熱絡起來，爾後就常常在昇哥的演唱會碰面，也成為了好朋友。

老實說，KAWA真的很有才氣，他會多種樂器也組過樂團，更寫了一手好毛筆，每年他家的春聯都是由他自己揮毫，不假他人之手。不過，他的主業是園藝景觀設計，舉凡溪州的花博公園、台北花博，以及最近的台中花博，通通有他的參與。

排成回字的貨櫃屋

當初一有建造「喬咖啡夢想屋」這個構想時，KAWA就表示希望由他來建造。從草圖繪製討論其實就花了很多時間，原本規劃的鋼構建築，到後來考慮到裝潢費用與搬遷方便，採用貨櫃屋的型態，雖然是他第一個作品，卻再再顯現出中間的巧思與才氣。例如，

他把四個貨櫃拼成一個回字，代表喬大回鄉了；可以看星星，用水泥涵管做成的廁所；強化玻璃的天井上可以映著光影，也可以降溫和回收的流水。原本這個設計是要在上面做個魚池，讓魚游動的光影映在吧台上，但是考慮到魚的排洩物不好清理才做罷，由此可見，KAWA 真是個鬼才。

兩個老男孩的夢想

夢想屋從一開始整地，就引起當地人的注意，原本都以為是要蓋房子，當一個一個貨櫃拼接出雛型，知道是一間咖啡屋後，更是受到村民議論：怎麼會有人想在這裡蓋咖啡屋？他傻了嗎？還是被雷打到了？

倒是隔壁的小王真的很感

心，從整地到夢想屋開幕，他都拍照記錄下來，而且覺得非常感動。詹凱迪導演說這是兩個老男孩夢想的背影，如果要拍部新片，就叫做《鄉村中年男子の慾》。

歷經半年的時間，二〇一七年三月五日喬咖啡夢想屋終於開幕了，而且吸引了很多貨櫃同好的目光來實地參訪，這樣的模式是前所未有的，

相信以後會愈來愈多，我想KAWA應該要感到驕傲才對，因為他在「稻田上種起了咖啡屋」。

靠近百年水圳，夢想屋就在荒草蔓蔓中長出來

——心疼喬大的龔師姐

荒草蔓蔓比人還高，鹿仔雜樹，還有到處被傾倒的廢棄物，這是看到這塊土地的第一印象。但是前方有二畦稻田，三合院、藍房子、第七水圳，也距離溪州百年水圳莿仔埤圳不遠，於是乎喬咖啡夢想屋，就矗立在這塊三角地上。

每個單數月的月底，小新總會在下班後來到咖啡屋，拿電

費的帳單來給喬大，總是問說：「還好嗎？媽媽很關心。」

小新的媽媽就是龔師姐，也是喬咖啡夢想屋能夠座落在這光路與南充路，人情十字路口的關鍵人物。當初喬大在找地點建造夢想屋時，一直不是很順利，不管是花博公園附近或是莿仔埤圳旁的喬伊之路，老農總是放不下而沒有意願。在一個機緣下，得到佛祖指示要往住家北方尋找。或許巧合，沒多久就接到龔師姐的訊息，要我去看看光路與南充路口這塊地適不適合？如果適合就先拿來用。

荒草蔓蔓比人還高，鹿仔雜樹，還有到處被傾倒的廢棄物，這是看到這塊土地的第一印象。但是前方有二畦稻田，三合院、藍房子、第七水圳，也距離溪州百年水圳：莿仔埤圳不遠，於

是乎喬咖啡夢想屋就矗立在這塊三角地上。

放棄好工作會不會後悔？

整地建造之初，好多村民都臆測是要蓋預售屋的樣品屋，等到貨櫃一個個拼並起來，確定是咖啡屋後，大家更是狐疑：這麼偏僻的地方開咖啡店，會有生意嗎？

「阿彌陀佛，生意好嗎？

你為什麼要這麼傻，放棄這麼好工作回來溪州，會不會後悔？」

這是龔師姐常常問喬大的話。她是從小看著喬大長大的鄰居長輩，氣質非凡，講話總是很柔和輕聲細語，每次與她談話總覺得如沐春風，任何的煩悶不開心，都莫名的消失不見。

無條件的支持與鼓勵

龔師姐的女兒小綺小喬大一屆，堪稱是校花級的人物。記得國中二年級的園遊會，喬大熱情的招呼著龔師姐，而她講了一句話說：「你真的是個生意子，很會做生意。」這個畫面喬大一直留在腦海裡，而且沒想到三十六年後，我竟然會回來開咖啡店。

在開業之初，看到喬大忙裡忙外，苦心經營，龔師姐經常

帶朋友來喝咖啡，而且大多都是她來請客。除了支持還給予極大的關心，甚至擔心喬大撐不撐得下去，畢竟在這個偏僻的農鄉開咖啡店，本來就是不容易的事。也許是從小看著喬大長大，所以特別心疼喬大對家裡的付出，以及放棄舒適圈回鄉奉獻的心意，就跟喬媽一樣，其實只要孩子過得好，有所成就，不需

再多做什麼，也不一定要陪伴在身邊，但是只要是孩子回來了，就給予無條件的支持與鼓勵。

若干程度來說，龔師姐就像喬大另外一個媽媽，對喬大的疼惜真的讓人銘感在心。「沒後悔吧？」雖然她還是老會這樣問，我想決定的事就沒有後悔的權利，只能勇敢踏實的往前邁進。如果，喬大不是這樣的人，不就讓大家失望了。

老大，我們都挺你！

——鐵粉團隊，有你們真好

在喬大回到溪州後，他們更是關注這個地方，除了會帶朋友來溪州外，在地的活動、農產品的販售、黑泥季的支持，他們更是有錢出錢有力出力。記得在夢想屋開幕的前一天，這一群鐵粉們南下來幫喬大整理環境，擦窗戶、插指標與布旗，開幕當天更是呼朋引伴，幫忙招待，只為了讓喬大的夢想屋起手式能夠熱鬧登場。

「老大，雖然我們都不在你身邊，但是心裡都記掛著你，都挺你。把這個擺在夢想屋的吧台上，就像我們這群小人兒都在」。這是喬大的一位鐵粉從日本回來，送了個小人兒的擺飾品，然後帶給喬大的話。很感動，對不對？喬大何其有幸，身邊有一群鐵粉，這些朋友從我在台GG工作時就開始集結，原本是跟我一起做公益，關注支持高士部落和高士古謠隊，到後

來成立耘禾公益，幫助偏鄉部落的兒童，舉凡圖書用品、棒球器材、生活所需、義務導讀、慶生等活動，都可以看到他們的身影。

愛屋及烏，想當然爾在喬大回到溪州後，他們更是關注這個地方，除了會帶朋友來溪州外，在地的活動、農產品的販售、黑泥季的支持，他們更是有錢出錢有力出力。記得在夢想屋開幕的前一天，這一群鐵粉們南下來幫喬大整理環境，擦窗戶、插指標與布旗，開幕當天更是呼朋引伴，幫忙招待，只為了讓喬大的夢想屋起手式能夠熱鬧登場。

除了感動，我還能說什麼？

喬大的這群鐵粉們，大多都從事四班二輪的工作，也有大夜班的朋友。前二年喬大回台ＧＧ擺攤，販賣咖啡、溪州尚水米、高士紅藜，以及溪州的一些農產品，當時竹、中、南科三地開打，喬大人手根本不足，這群鐵粉們義務跳出來幫忙，甚至有些人夜班剛下班，卻直接跑來攤位幫忙，這中間的情義不可言喻。有人說：「人走

老大，我們都挺你！
鐵粉團隊，有你們真好

茶涼。」以前喬大是公司主管，很多人左擁右促、逢迎拍馬，當回歸鄉野能有一群如此支持的鐵粉，除了感動，我還能說什麼？

老大：「你不要太辛苦，跟夫人的感情要永遠這麼好喔！」這是鐵粉小琪最後留給喬大的話，讓人心疼的她，已經到天上去做小天使了。

喬東喬西來喬咖啡，有空去看看這傻蛋！

——藍色房子的阿兄

阿兄只要回溪州，就會來看看喬大是不是還活著。他常常嚷著怕我會倒，和嫂子總會來交關喝杯咖啡。阿兄就像自己的大哥一樣關照著喬大，而且他也像家裡的桶箍一樣，把整個家族箍在一起，沒有他的辛苦整理家園，哪有大家有個舒適的家好回呢？

咖啡屋的對面有一棟漆成藍色的房子，座落在綠色的稻田後方，非常的特殊也顯眼，而且四季變換，景色各不相同。春耕前，稻田裡翻土整地，黝黑的水面倒映著藍色的房子。插秧後，青翠的秧苗和著藍色的倒影，這是我最喜歡的畫面。當稻子滿穗低頭，金黃的稻海隨風搖擺，藍色房子彷彿就像一艘定置在海上的船。而到了

秋收後，滿田野的油菜花海，蝴蝶、蜜蜂、孩子的嘻鬧身影，又是一番不同的景像。

藍色房子是一個大家族，以往老人家還在時，人來人往十分熱絡，可是現在大多時間都沒有人住，只有這位戀家的阿兄，每隔一個多月會回來整理家裡、除除草、大節日回來拜拜，若是遇到過年則會先回來大掃除，接待歸鄉的親友。

一個傻蛋來了鳥地方

黝黑的臉龐，開朗的笑容是阿兄給人的第一個印象，咖啡屋要開幕的前一晚，只見他老兄提著六瓶紅酒，從藍色房子漫步的走過來，說要給我祝賀。當晚他在ＦＢ寫道；「怎麼也想不透，怎麼會有個台積電百萬年薪主管不幹的傻蛋，為了幫助在地農民與推廣輕旅

TROUBADOU

行的夢想，竟然在溪州老家這個只有老農老狗老樹的鳥地方，搞了個咖啡廳當基地？今天開幕了。……門口不過五十公尺，扛了幾支紅酒去祝賀。送傻老闆一幅對子：

傻人傻事有傻福報，
喬東喬西來喬咖啡。
喬咖啡——東州村南充路，
光路口。有空去看看這傻蛋。

就這麼著，阿兄只要回溪州就會來看看喬大是不是還活著。有時他一個人回來，一天下來除草累了，晚上會帶瓶紅酒來咖啡屋喝酒聊天。他常常嚷著怕我會倒，和嫂子總會來交關喝杯咖啡，也會介紹或是帶著親友來喝咖啡。阿兄就像自己的大哥一樣關照著喬大，而且他也像家裡的桶箍一樣，把整個家族箍在一起，沒有他的辛苦整理家園，哪有大家有個舒適的家好回呢？我曾經問他為什麼房子要漆成藍色的？他說：「這樣送信的郵差比較好認，而且他們兄弟坐高鐵南來北往，很容易就看到，知道家到了」。我想，主要原因或許是後者吧！

如果在路上遇見她，請給她一個微笑

——清水伯的女兒阿醜仔

回到溪州定居，而且意外的開了間咖啡店，阿醜仔每天都會來咖啡店巡視，她就像街長一樣到處巡視，有時候會隨口一句：「ㄚ你在煮咖啡喔，ㄚ有沒有加奶精？ㄚ有沒有加糖？」有時候看到桌上有吃的，她並不會就拿來吃，還是會問一下，偶爾她也會在外面問路人，要來喝咖啡嗎？

阿醜仔是清水伯的女兒，以前家裡開鐘錶店的時候，清水伯的水果攤就擺在店門前面，所以阿醜仔算是從小就已經認識了。因為智能有些問題，阿醜仔從小就被排擠，甚至還有人會欺負她，清水伯總是讓她跟在身邊，似乎就是想保護這個女兒，可是她總是到處亂跑、晃來晃去。我也忘記她到底有沒有念過書，只知道好像隨時隨地都會出現，而每每我都會看見清水伯那佈滿皺紋的臉龐，露出了對女兒的擔心。

國中畢業後，我隻身到新竹讀書，接著就在新竹工作，期間回來溪州，偶而會見到阿醜仔，她還是一副無憂無慮的樣子。後來清水伯過世了，阿醜仔就與母親相依為命，種種菜，有時會拖著菜籃車出來賣，但是說也奇怪，賣菜的阿醜仔卻是

精明得很，如果你欠她錢，她可是會討到底，而且會說：「這是要交回去給我媽媽的。」

ㄚ你在煮咖啡喔

離家三十四年後，我回到溪州定居，而且意外的開了間咖啡店，阿醜仔每天都會來咖啡店巡視，她就像街長一樣到處巡視，有時候會隨口一句「ㄚ你在煮咖啡喔，ㄚ有沒有加奶精？ㄚ有沒有加糖？」有時候看到桌上有吃的，她並不會就拿來吃，還是會問一下，偶爾她也會在外面問路人，要來喝咖啡嗎？所以如果沒看到她來，其實心裡也覺得怪怪的。咖啡店搬到夢想屋之後，因為路程比較遠，阿醜仔就不再出現，偶爾在街上遇到，她總會說：「你怎麼搬到那麼遠，我眼睛霧霧看不清楚。」有時也會跟路人說她想來好來屋（夢想屋）。

那一天在成功旅社後面工作間，看到她一個人坐在那裡，望著門外來來往往的人，不知道她在想甚麼？突然間，我想起了清水伯，想起了他總是會拿些水果給我吃，那種甜蜜的滋味，想到他到離開世界前是否依然掛念著這個女兒呢？如果你在路上遇見阿醜仔，請給她一個微笑與親切的問候。

忠於原味的支持者

——重烘焙阿嬤

經過喬大將近一年的嘗試，重烘焙阿嬤已經可以接受中淺烘焙咖啡的風味和微酸的口感，尤其喜歡薇薇特南果。不過，重烘焙阿嬤還是重烘焙阿嬤，這個地位是無法取代的。

咖啡屋開業的不久，某天來了一位騎著腳踏車，頭髮花白的老婦人，開口問道：「有沒有重烘焙咖啡？」我回說店裡只有中淺烘焙咖啡。老婦人說她從年輕時候到現在都喝重烘焙咖

啡，其他的喝不慣。

喬大回想二十八年前在日本TI美浦工場受訓時，每天早上天亮前，五點左右的休息時間，都必須要去投一杯UCC的咖啡，就是屬於重烘焙咖啡，後來常喝的Kona也是，要不是後來我的助理帶我進入淺烘焙的世界，或許到現在還是喝重烘焙呢！

無法取代的地位

為了老婦人的需求，喬大特別為她烘焙了中深烘焙的咖啡，但是也讓她多多品嚐中淺烘焙咖啡的絕妙風味。老婦人住在東州的育善寺附近，孩子在外地工作，只有一個孫子與她相依為命。據說她年輕時候可是警察電台的播音員（應該是警廣的前身），難怪看起來

氣質非凡，聲音柔美字正腔圓。

從此之後老婦人就被暱稱為「重烘焙阿嬤」，而且是喬大強力的支持者。她常會帶親友來喝咖啡和買豆子，有時候會幫孫子買漢堡或三明治，也常常帶她所做的油飯、川耳等料理和點心來給喬大，關心的程度就像是媽媽對待兒子一樣。經過喬大將近一年的嘗試，重烘焙阿嬤已經可以接受中淺烘焙咖啡的風味和微酸的口感，尤其喜歡薇薇特南果。不過，重烘焙阿嬤還是重烘焙阿嬤，這個地位是無法取代的。

歐吉桑，喝咖啡嗎？

──養蜂種果樹的阿堪叔

在夢想屋開幕後，咖啡屋裡面的鬆餅、甜點所使用的蜂蜜，都是由阿堪叔提供。也因為如此，阿堪叔偶爾會來喝杯咖啡，有一次剛好報紙來採訪，問阿堪叔說：「歐吉桑喝咖啡嗎？」他回答說：「我以前不喝咖啡的，他煮的我才喝！」

午後，一個蒙著面、帽子反戴，再加上瓜皮安全帽的騎士，停下車走了進來，手上提了一袋芒果，爽朗的開口說道：「這在叢黃的，給你嚐嚐看。」這是阿堪叔，一個養蜂種果樹的老

農民。

會認識阿堪叔是在成功旅社的時期，當時華山三重奏餐廳的老闆來溪州參觀水田濕地，並且找尋食材。當時就選用了溪州尚水米和阿堪叔的蜂蜜，這也是我第一次嚐到在地的蜂蜜，覺得口感很好，再加上是在地食材，所以在夢想屋開幕後，咖啡屋裡面的鬆餅、甜點

所使用的蜂蜜，都是由阿堪叔提供，而且我也向朋友與客人們推薦。也因為如此，阿堪叔偶爾會來喝杯咖啡，有一次剛好報紙來採訪，問阿堪叔說：「歐吉桑喝咖啡嗎？」他回答說：「我以前不喝咖啡的，他煮的我才喝！」這真是對喬大的一大肯定。

深藏不露的高手

喜歡喝兩杯的阿堪叔其實深藏不露，他年輕時是個樂師，現在則會在廟鬧熱時打打鼓，吹奏北管。我曾打趣的問要不要組個樂團？就像《海角七號》一樣，那阿堪叔的角色就和茂伯一樣，台下年輕的女生肯定會吹哨子，他老人家得意的說：「那當然囉！」如果可行，想像一下那個畫面，應該會很有趣吧！

你知道我在等你嗎？

——星期天的神車俠侶

老實說，對他們的瞭解並不深，只知道是青梅竹馬的小學同學，或許是老天捉弄或命中註定，兩個人各自經歷婚姻波折之後，終於又碰在一起。

來喬咖啡喝咖啡的朋友都有一項福利，可以選擇自己喜歡的咖啡杯，所以很多人會問咖啡杯有在賣嗎？喬老闆總是回答這是從世界各地帶回來的收藏，是非賣品。接著就會指著杯架

上神車俠侶的牌子問：「那什麼是神車俠侶？」

神車俠侶是一對情侶，分別居住在彰化與台中，他們總會在每個星期天的下午來到夢想屋，天氣好的時候騎著重型機車轟轟轟的來，有時則開著大型的休旅車，所以，被暱稱為神車俠侶。他們幾乎每個星期天都來報到，久而久之，咖啡屋的常客都知道這一號人物。其實，他們是喬大以前在半導體工作時的友人所帶來的，因為喜歡上這裡的咖啡與環境成為了常客，而架上的專用杯，則是喬大在日本淺草幫他們買的專用杯。

遲來的緣份

老實說，對於神車俠侶的瞭解並不深，只知道他們是青梅竹馬的小學同學，一個是工廠的小老闆，一個是從事美容相關的工作。或許是老天的捉弄又或許是命中註定，兩個人各自在一段婚姻與感情波折後，終於又碰在一起。喜歡可是又羞卻的男孩鼓起了勇氣，不讓他這一生的最愛再從他的身邊錯過，而心裡一直滴咕著「你知道我在等你嗎？」的女孩，也收拾起破碎的心，欣喜的接受這遲來的緣份。

一三九騎單車，到西螺大橋下放風箏，再來夢想屋喝杯咖啡、吃晚餐，與喬大閒話家常，然後一起去看場電影，這是他們星期天常有的行程，有時也會帶著女孩的女兒一起出遊、吃美食。他們相知相惜、互相關懷，女孩總是叮嚀男孩要注意身體，因為他們可是好不容易才在一起，而這份情感當然要長長久久。男孩則常常在看房子，他希望能給女孩一個屬於他們倆真正的家。

下午四點，光路路口遠遠的就看到熟悉的PAJERO，喬老闆猛然想起今天是星期天。神車俠侶來了！

有故事的小城

——大橋那一頭的郵務士

小城把夢想屋當成心靈休息站，來這裡除了喝咖啡之外，可以靜靜的看看佛經或是研究送信的新路線圖，還有喬大會聽他說話，給他意見，有時候他遇到問題或是不知該如何應對時，還會私訊喬大，問喬大的意見。難怪喬夫人常說：「你這裡是人情十字路口咖啡店」。

喬老闆我要一碗麵，可以幫我煮乾麵嗎？多少錢先給你。這是郵務士，總會在週五下班後，或是週六下午，騎著他那台

後座有寬大行李架的打檔車，過西螺大橋來到咖啡屋。有時吃碗麵喝杯咖啡，或是喝杯咖啡再加上一塊乳酪蛋糕。不變的是他會先付錢，因為他怕會忘記，就是一個非常老實單純的人。

郵務士的小名叫小城，我們都說他的主題曲是小城故事多，充滿喜和樂，就是「小城故事」，是一個有故事的小城。

一開始他是郵局的約聘人員，歷經多年的努力終於升任為派遣人員，與郵局員工享有同等待遇。小城是家中的老么，母親很早就過世，家裡面的所有家務幾乎都由他包辦。因為生性靦腆也很單純，他的社交圈並不大，也渴望能認識更多的人，就是因為這樣也就容易上當受騙。

據說他曾經資助了心儀的對象大概將近三十萬，可是後來才發覺這女孩只是要他的錢，根本不把他當一回事，可是咱們深情的小城似乎還是放不下，會幫女孩祈福，有意無意間就提起她，跟她連絡，問她過得好不好。還有位賣鞋子的攤商跟小城借錢，他也不考慮就借了，結果到最後錢都收不回來，只能拿鞋子抵債。他似乎是不大會拒絕別人，是個耳根軟的人，所

以喬大每次都虧他：「把這些錢拿來給我，你都可以喝一輩子咖啡了。」

人情十字路口咖啡店

其實我們都知道小城把夢想屋當成心靈休息站，來這裡除了喝咖啡之外，可以靜靜的看看佛經或是研究送信的新路線圖，還有喬大會聽他說話，給他意見，有時候他遇到問題或是不知該如何應對時，還會私訊喬大，問喬大的意見。難怪喬夫人常說：「你這是光路與南充路交會的人情十字路口咖啡店。」

今晚小城又來了，一樣點一杯咖啡，一塊乳酪蛋糕，還是提起那個女孩和佛堂的事。不過他告訴喬大，明天他要去台北見一位大他二、三歲的姐姐，要一起吃飯逛逛街。真希望這是一個契機，能夠有個懂他珍惜他的女孩子出現，那就太好了！

美麗的誤會

——男孩的貓頭鷹對杯

來喬咖啡喝咖啡的客人，是可以自己挑選杯子，他們選了一套貓頭鷹對杯。言談舉止間覺得他們倆還蠻登對的，後來聽說他們後續還有一些互動，可是女孩好像是有男朋友……。

男孩是一位馬來西馬亞籍來台灣讀書的學生，能夠說流利的國、台語、英語、馬來話和些許的客家話，是一個非常上進的年輕人。他在溪州可以說是農民的好朋友，因為他手下有一

班人，專門在幫忙農民收菜裝箱。要知道這個農鄉大部份的農民都上了年紀，所以缺工非常嚴重，他的學生班底剛好可以補足人力不足。而且男孩非常有頭腦，對這些學生都會做職前訓練，還拍了影片來訓練史瓦帝尼的學生，利用關鍵字來教導他們，然後使用LINE的公開位置來派工，就這樣run出一個農村派遣人力的business model。

男孩算是咖啡屋的常客，他常常會來喝杯咖啡吃兩個司康，或是吃個鬆餅，有時候會帶盒掛耳咖啡回家。某天下午，他帶了一位很有氣質，看起來個性開朗的女孩來喝咖啡，說是他的新同學。來喬咖啡喝咖啡的客人是可以自己挑選杯子，他們選了一套貓頭鷹對杯。言談舉止間覺得他們倆還蠻登對的，後來聽說他們後續還有一些互動，可是女孩好像是有男朋友的樣子。

想通了，就順其自然吧

男孩出了非常嚴重的車禍，腦部受到重創，女孩為了要進去加護病房探望他，順口跟護理師說自己是男孩的女朋友。男孩聽了護理師的轉述後非常開心，或許是腦部創傷的關係，他變得很執念，甚至還認為非女孩不娶，也因為這股他所認為愛情的力量，他的病情恢復得非常快速。當他完全清醒之後，失望的心情可想而知，也為了他病中的執念感到懊惱，他常說：「我想通了，就順其自然吧，隨緣。」可是我總覺得他應該還是抱持著一絲絲的希望吧！

望著陳列架上咖啡色與白色的貓頭鷹對杯，喬大心想：「這真是個美麗的誤會，但是也很希望有一天，能夠看到這對杯，可以同時被他們倆使用。」

搶救傳統牛耕文化的怪咖

——拖拖拉拉牛隊長

有一天他得知在雲林有三頭水牛要被宰殺，其中一頭正值六歲壯年，愛牛的他非常不捨也很著急，想要把這頭牛救下來。年輕人的想法就是不一樣，他在網路上募款集資，得到了善心人士的援助，如願的把這頭牛給救下來，雖然不像古裝劇裡面所演的刀下留人那麼驚險，不過總算把牛給救回來，這頭牛就叫「拖拖」。

要說像喬大這樣一個科技人回鄉開一間咖啡屋被稱為傻

蛋，那麼在溪州養牛，從事牛耕工作的高一鑫更是異類。大學主修企管的他是嘉義人，畢業之後也曾經到企業界工作，因為喜歡牛，所以到竹東軟橋的水牛學校去學習牛耕，並養了一頭小牛「拉拉」。

緣份牽引，來到濁水米的農鄉

由於養牛需要很大的空間，既然要做牛耕，那當然必須是在農鄉，或許是緣份的牽引，他來到了溪州這個生產濁水米的農鄉，在張厝租下了一棟三合院。除了訓練小牛拉拉耕田，他也在溪州尚水米的倉庫負責包米與出貨。

有一天他得知在雲林有三頭水牛要被宰殺，其中一頭正值六歲壯年，愛牛的他非常不捨也很著急，想要把這頭牛救下來。年輕人的想法就是不一樣，他在網路上募款集資，得到了善心人士的援助，如願的把這頭牛給救下來，雖然不像古裝劇裡面所演的刀下留人那麼驚險，不過總算把牛給救回來，這頭牛就

叫「拖拖」。

「拖拖拉拉牛耕隊」就這樣子成立了，經過幾年的努力，牛隊長也闖出了一點名號。他受到很多報章雜誌媒體與電視的報導，帶著拉拉下鄉到國小去教小朋友認識牛，也擔任華德福學校的牛耕老師，更遠征宜蘭牛頭司，為牛耕米耕地整平，而且還上了《愛玩客》節目，親自教導吳鳳體驗牛耕。

其實機器整平真的蠻困難，高的曬死低的淹死，想要後續好管理的，會叫牛耕的來做整平，邊邊角角只能靠人力去推，以後那些很會駛牛的師傅真的快看不到了。也就是這樣的想法，牛隊長想保存傳統的牛耕文化，堅定執著地去走一條跟其他年輕人不一樣的路。

很多人說喬咖啡夢想屋是怪咖聚集地方，牛隊長當然也

是這些怪咖的其中之一。他總會在農閒的空檔來喝杯咖啡，有時候會點個喬大的私房料理，再來杯咖啡。「點一碗麵配咖啡」，這是《安可人生》雜誌為喬咖啡所下的副標題，講的就是像牛隊長這樣子的農民。

老實說，喬大非常欣賞牛隊長，佩服他的勇氣與執著的態度，所以就教導他沖咖啡的技術與做吐司，有時候喬大不在，牛隊長就成為喬大的代理人，也因為如此，喬大特別讓他寄豆自己沖泡咖啡，也就是只要買咖啡豆就可以，這樣子可省了不少錢，甚至他晚上看電視晚了，咖啡屋就交給他來關門。

自從牛隊長與拉拉遠征宜蘭，夢想屋的夜晚就比較孤寂，明天拖拖拉拉牛耕隊就要回來了，喬大正在準備食材與紅酒，要為牛隊長接風洗塵。

意外的吐司

——高士部落的年輕人教我的事

接連三個颱風，把阿 Van 的火龍果園打得亂七八糟的，很多火龍果因為裂果都不能賣，他寄了一大箱到溪州給我。不得了，阿 Van 種的火龍果皮薄又甜，而且採友善栽種，不灑農藥不用化肥，真是太好吃了。一時福至心靈突發奇想，用火龍果取代水，做成了顏色療癒、自然果香的火龍果吐司。

決定開咖啡店之初，心裡老想著如果只有咖啡好像少了些什麼，是不是應該要有一些糕點餅乾等烘培物才對。於是開

始嘗試著做司康和吐司，由於一段機緣喬大認識了阿Van，他是屏東牡丹高士部落的年輕人，願意放下他歌手的光環，回到故鄉照顧部落的孩子們，教導他們傳唱排灣古謠。也因為認同他的理念，就一直支持著高士部落。除了關注孩子們，同時讓部落居民栽種紅藜，然後喬大來幫忙銷售。

用咖啡來和麵糰

一開始，我們只知道部落原生種的紅藜營養成份很高，蛋白質跟牛肉相當，膳食纖維是地瓜的七倍，鈣質是稻米的五十倍，國外把紅藜蒸熟伴沙拉吃，也可以加在飯裡一起煮。可是為了在咖啡屋推廣販賣該怎麼做呢？於是把紅藜和到麵糰裡，可是紅藜沒有什麼味道，似乎不是很突出。人家說上帝關了一扇窗，自然會再開一扇窗，有一天喬大突發奇想，為什麼不把咖啡沖淡一點，取代水來和麵糰呢？就這樣的一個想法，喬咖啡的首樣烘培吐司——咖啡紅藜吐司就這麼誕生了，而且大受好評。接著又把紅藜做成司康，採低油低糖健康取向，也得到

客人的青睞。

沒想到二〇一六年接連三個颱風把阿 Van 的火龍果園打得亂七八糟的，很多火龍果因為裂果都不能賣，阿 Van 寄了一大箱到溪州。不得了，阿 Van 種的火龍果皮薄又甜，而且採友善栽種，不灑農藥不用化肥，真是太好吃了。一時福至心靈突發奇想，用火龍果取代水，做成了顏色療癒、自然果香的火龍果吐司。而後又有抹茶吐司，黑糖紅藜吐司、黑米吐司、紅麴吐司、蔓越莓吐司、南瓜吐司等多樣化的吐司，而且還做成不同口味的司康、漢堡麵包與三明治。

這一切真的是無心插柳柳成蔭，因為一連串的因緣巧合，造就了這意外的吐司。

註：阿 Van 漢名陳世隆，是陳昇新寶島康樂隊的主唱。

大哥，你是客家人嗎？

——客庄好味道，讓大家認識溪州

很多客人上門要吃喬大的私房料理，於是乎創意料理也愈來愈多，從紅藜味噌麵疙瘩開始，後有黑米味噌麵疙瘩、鮮菇蘋果味噌麵、豬排丼、豬排義大利麵等等。基本上，就是有什麼食材做什麼料理，唯一堅持的是，除了日本帶回來的味噌外，其他的都是使用在地食材，而且最好是友善耕種，這也是我的初衷。

夢想屋開始營運大概二個星期左右，有一天上午，二位年輕美麗的女孩走了進來，就坐在後面的紅色沙發區，點了咖啡與甜點後，就打開電腦工作了起來。喬大為她們沖了二杯帶果香、微酸、尾韻甘甜的咖啡，再搭配紅藜司康；二位女孩似乎很驚喜，在這個農鄉僻壤居然有這麼好喝的咖啡，還有她們從未嚐過的紅藜司康。閒聊中，才知道她們是客家電視台《客庄好味道》的節目企劃與導演，她們是來西畔社區的客家庄勘景，因為《客庄好味道》會有一集介紹溪州西畔的客家庄。很巧合的是節目企劃 Evonne 的父親居然是溪州人，因為很早就離開溪州，所以她只存有小時候回老家三合院和四處是田野的印象，好像是在張厝那一帶吧。

或許同樣是溪州人，感覺特別的親切，所以又聊了許多溪州的故事，以及喬大回鄉的想法與甘苦。不知不覺到了中午，因為她們未出去用餐，也不知道要吃什麼？喬大看了一下冰箱裡面的材料，就提議做個紅藜味噌麵疙瘩給她們嚐嚐。這是喬大在幫高士部落推廣紅藜所想出來的創意料理，就把紅藜和到麵糰裡做成麵疙瘩，使用在地的南瓜與蔬菜熬湯，加上我從日本帶回來的味噌，做出一碗湯頭甘甜濃醇，Q彈有嚼勁的紅藜味噌麵疙瘩。

把溪州的女兒帶回溪州

二個女孩覺得新鮮也很滿意這份創意料理，直說好吃。用完餐後，Evonne 就問了喬大一句：「大哥，你是不是客家人？」嘿嘿，喬大的爸爸是閩南人，媽媽是客家人，還真的是半個客家人呢！小時候在舅舅家，阿太就常會用客家話唸我們這些小孩子，也就學會了些罵人和簡單的客家話，後來到新竹讀書、工作，周遭很多客家朋友，所以會講一點點客家話。

Evonne 似乎若有所思的點點頭，幾天之後，她打了通電話給喬大說：「大哥，我們想以你為主體，在溪州再做一集節目。」於是《客庄好味道》一七七集裡面，就有喬大在節目裡做紅麴司康、紅藜味噌麵疙瘩和喬大回鄉的起心動念。這真是一段很奇特的緣份，《客庄好味道》節目幾乎沒有一個鄉鎮是做兩集的，只有溪州，這也許就跟我想推銷溪州的想法相契合，

冥冥之中也把溪州的女兒帶回溪州。

而後喬大還因為上了這個節目，被推選為溪州鄉客語推動委員會的委員。不只如此，還有很多客人上門要吃喬大的私房料理，於是乎創意料理也愈來愈多，從紅藜味噌麵疙瘩開始，後有黑米味噌麵疙瘩、鮮菇蘋果味噌麵、豬排丼、豬排義大利麵等等。基本上就是

有什麼食材做什麼料理，唯一堅持的是除了日本帶回來的味噌外，其他的都是使用在地食材，而且最好是友善耕種，這也是我的初衷。不過，這一切的機緣演變，都是從那句：「大哥，你是客家人嗎？」開始。

老闆，咖啡加奶、刺蔥蛋，今天有沒有乳酪蛋糕？

——拿鐵夫妻

拿鐵先生最近迷上了蝶豆花蔓越莓司康和刺蔥味噌司康。喬大真的覺得他們超喜歡刺蔥的，所以也不藏私，常常讓他們剪刺蔥回去用，喬咖啡夢想屋給人的就是溫度和感情，不是嗎？如果咖啡屋有多一些鄉親朋友的支持，一定能夠持續下去的，或許喬大的假日農村市集的想法也得以實現。

「老闆，兩杯咖啡加奶，煎三個刺蔥蛋，今天有沒有乳酪蛋糕？」會這樣點餐的，不用看人就知道是拿鐵夫妻，為什麼會稱做「拿鐵夫妻」？顧名思義就是他們每次來都點拿鐵。老實說喬咖啡剛開始營運的時候是不賣拿鐵的，因為所有的咖啡豆都是喬大精挑細選的莊園豆，曾經有一次去參加杯測會，總共喝了四十支豆子，也僅僅挑選兩支，所以希望客人能夠細細品嚐那箇中滋味。後來實在是太多的鄉親反應一定要加奶，只好折衷變通將30cc的鮮奶加熱後，倒進手沖莊園咖啡成了熱拿鐵，而冰拿鐵則使用冰鮮奶加入手沖冰咖啡，這樣既能喝到鮮奶的滑口，同時也品嚐到了莊園咖啡的好滋味。

咖啡vs.老房、老農與老狗

再把主題拉回來。拿鐵太太是喬大溪州國中的學姐，老家就住在對面藍房子的後面，之所以會來喝咖啡緣起於她的戀家吧，她常常會回老家附近走一走，跟街坊鄰居聊聊，有時還會躺在屋前的草皮上，每次與她對談，字裡行間都透露出對溪州的沒落，相比於夫家田尾的發展感到無奈。對於喬大會回來這個藍房子阿兄所描述的，只有老房子、老農與老狗的農鄉感到佩服與支持。而且她似乎覺得喬大是個有知識的人，所以很多時候就成為她諮詢的對象。其實，拿鐵太太應該是個不簡單的人物，她行事低調非常小心，據說是個公務員，為了照顧母親

從台北轉調回來。在那個重男輕女的時代，她的表現應該也是讓父母感到驕傲才對。

與老婆到溪州，
喝一杯喬咖啡

另一方面拿鐵先生則是愛妻的典範，從他在喬咖啡的心情留言裡面就可以得知。個性忠厚老實十分熱心，從事園藝工作的他對於種樹、修剪樹非

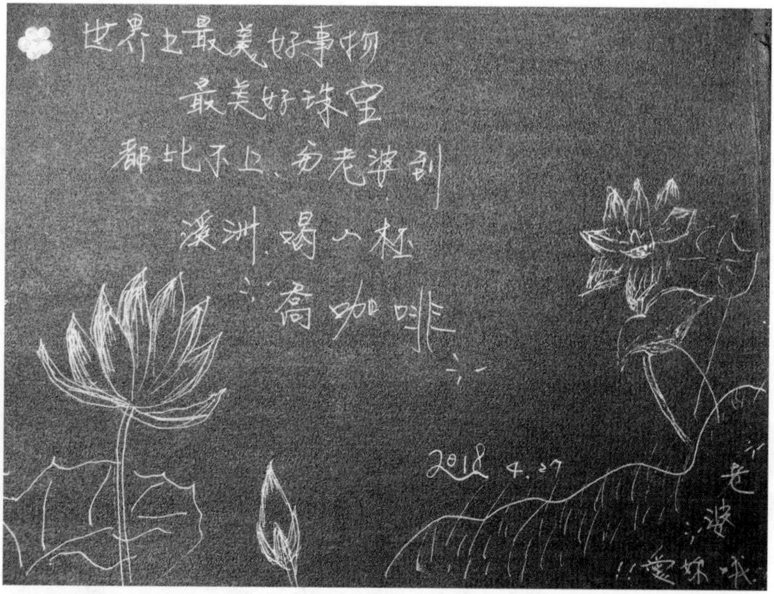

常專業，同時也是虔誠的佛教徒，常常看到他們在研讀佛經，也會教導喬大有關樹木方面的知識，什麼季節可以種植或是修剪，不過因為喬大忙碌，大部份咖啡屋的樹都是拿鐵先生來幫忙修剪，而且他還幫咖啡屋種了兩棵欖仁樹。

拿鐵夫妻只有一個兒子，偶爾他們也會帶小孩來咖啡屋，由於他們兩夫妻吃素，不過有吃蛋，所以，每次點餐都會點一碗素的鮮菇蘋果味噌麵加上刺蔥蛋分著吃，再幫兒子點一份漢堡或是豬排味噌麵，如果孩子沒來則會拿鍋子來外帶。通常吃完麵後，他們會再點杯熱拿鐵或熱可可，有一陣子拿鐵先生非常喜歡伯爵紅茶乳酪蛋糕，可是最近則是迷上了蝶豆花蔓越莓司康和刺蔥味噌司康。喬大真的覺得他們超喜歡刺蔥的，所以也不藏私，常常讓他們剪刺蔥回去用，畢竟他們真的很支持喬大，也是店裡的常客，而喬咖啡夢想屋給人的就是溫度和感情，不是嗎？如果咖啡屋有多一些鄉親朋友的支持，一定能夠持續下去的，或許喬大的假日農村市集的想法也得以實現。

都市小孩，變成野放的山雞

——雙胞胎姊妹

這一天下午，雙胞胎姊妹和哥哥又來了，一樣是水果汽泡飲和司康，不同的是，這次他們是自己付帳喔。瞧，哥哥從紅包袋抽出錢的表情，真是太有趣了。

夫人每次都說：「喬老闆真是老少咸宜。」有嗎？或許吧，不過真的很謝謝小朋友們的支持！

「老闆，來杯水果汽泡飲！」聽到這童稚的聲音，小大人般的口吻，就知道雙胞胎姊妹來了。這對雙胞胎姊妹唸小學，平常住在台中，上面有一個哥哥，媽媽則是個老師，因為阿嬤家在溪州，所以遇到假日或是逢年過節，媽媽都會帶他們兄妹回來阿嬤家玩。

回溪州阿嬤家玩

都市的小孩一回到鄉下就像野放的山雞，喜歡在外面飆，由於媽媽喜歡喝咖啡，會來咖啡屋喝咖啡、買咖啡豆。也不知道從什麼時候開始，雙胞胎姊妹每次回到溪州就吵著要來喬咖啡喝下午茶，而且喜歡騎腳踏車來。水果汽泡飲好像是他們每

次來必點的飲料，再加個司康或鬆餅，然後大搖大擺地坐在吧台，有一句沒一句的跟老闆聊天。有時候候也會學老闆娘的語氣叫著：「兒子啊，把水端出去；兒子啊，桌子擦一擦，」調皮也很好動。有時，她們會靜靜的在留言板上塗鴨，過不久卻又拖著吉他在外面擺擺樣子。

這一天下午，雙胞胎姊妹和哥哥又來了，一樣是水果汽泡飲和司康，不同的是，這次他們是自己付帳喔，而且哥哥的錢

還是從最佳進步獎的紅包袋中抽出來的。瞧，哥哥從紅包袋抽出錢的表情，真是太有趣了。

夫人每次都說：「喬老闆真是老少咸宜，」有嗎？或許吧，不過真的很謝謝小朋友們的支持！

傻子中的傻子

——烤肉爐社長

我覺得學長一開始就知道可能選不上，但是他一直覺得溪州應該要有更好的發展，或許和喬大回鄉的心情是一樣的，那份與土地的連結與疼惜，只是他用更積極的做法來參與。

如果說喬大放下高科技公司的優渥待遇，回來這個偏僻農鄉賣咖啡推廣農鄉被稱做傻子，那這位烤肉爐社長更是傻子中的傻子。烤肉爐社長是三家公司的負責人，老家在三條的他是國中的學長，平常都在外地工作，只有假日才會回來探望老人家。我們打從在成功旅社沖咖啡的時候就相識，當時還針對一例一休的制度有一番對話。因為所處環境不同，一直在大公司工作的喬大，說真的是無法體會中小企業老闆在這方面所遇到的困難與問題，只覺得怎麼有那麼多藉口。經過一番辯論之後，喬大終於理解，而且更佩服這位學長，雖然有時候覺得他很固執，可是相處久卻也發現他的善良與可愛。有幾個假日在市場遇見學長，只見他提了一大袋的苦瓜，我問道：「怎麼買這麼多苦瓜？」他回說：「苦瓜是好東西，天這麼熱，阿婆在那邊賣很辛苦，我把這些買下來，讓阿婆回去休息，苦瓜也可以拿來送給親朋好友。」

夢想屋的烤肉趴

學長是做沖壓方面的加工，最大的部份是單眼相機的鏡頭座等零組件，以及智慧型烤肉爐。說起這烤肉爐還真是蠻好用的，透過電池或是插電，帶動齒輪的轉動，烤魚、肉、香腸、玉米或是一整隻雞，都不需要人一直看著，烤肉爐會自動旋轉，而且不會烤焦，真是超級方便的設計，就連同附贈的剪刀都可以拆解清洗，難怪到法國參展備受好評。喬大在烤肉爐尚未量產前就買了一台，真的是很棒的設計，原理簡單但是實用。產品到法國參展前，還特別在夢想屋開了個烤肉趴，直播影片就在法國放映給客戶欣賞。

　　學長對農鄉的發展有著他獨特的想法，有時來咖啡屋喝咖啡時，也會請喬大給一些意見，就是因為對這塊土地的熱愛與疼惜，他竟然義無反顧地投入地方選舉，在旁人的眼裡真是個大傻瓜。他常說：「如果溪州的農民願意花一百元來喝一杯咖啡，那就有進步了，因為這裡的農民太省了，捨不得對自己好一點。」學長提出很多好的想法，包括教育、社區發展、老人照

護、地方繁榮與觀光等。一開始他的宣傳車就採用腳踏車，還不設立競選總部，甚至他還問我，為什麼競選一定要炒米粉或是辦桌呢？他對於台灣的競選文化一直覺得有問題，可是鄉下根深蒂固的觀念，真的很難改變。

其實，我覺得學長一開始就知道可能選不上，但是他一直覺得溪州應該要有更好的發展，或許和喬大回鄉的心情是一樣的，那份與土地的連結與疼惜，只是他用更積極的做法來參與。可惜，壯志未酬，這對他來說心情上當然有一些失落，但是對身邊的人來看，反而是某種程度的解脫，因為我們知道一旦承擔下來，他會拼了老命去衝撞，想辦法去改變，那個壓力非我們能想像的。雖然他無法服務鄉親，不過他好好經營公司照顧員工的家庭，做好烤肉爐社長，製造出方便好用的烤肉爐，嘉惠全世界烤肉的愛好者，這也算是征服世界吧！

二十四小時聽佛經長大的蕃茄

——糖果蕃茄蘇大哥

喬大常常會帶同事和朋友來溪州玩，認識溪州，蘇大哥家和他的蕃茄園是我們必定造訪的點。溫室裡面種植的蕃茄皮薄又甜，而且居然二十四小時聽佛經長大，我們稱之為「糖果蕃茄」，除此之外，還有碩大的木瓜和好吃的青葡萄，全部都是友善耕種，不用化肥和農藥。

要說起把喬大硬生生拉回來溪州的兩大惡人，除了吳晟老師之外，另外一個就是蘇大哥。

黝黑的臉龐、開朗的笑容，看起來就像是個普通的農民，但是錯了，蘇大哥並不是個簡單的人物，屏東農專畢業的他，應該天生就適合農業這一塊，不過在二十幾年前他可是寶成集團在中國的一位廠長。一個人在異鄉努力，除了管理工廠，應酬更是天天有，蘇大嫂就帶著兩個孩子在溪州種田過日子。孩子們經常在田裡玩耍，每每有飛機飛過，就會指著飛機大喊：「我爸爸就坐這台飛機要回來了。」孩子的童言童語喚起了蘇大哥返家的念頭，就這樣回來溪州耕田種蕃茄。每次提起這件事，雖然是雲淡風輕，可是看得出來蘇大哥那份當爸爸疼惜孩

子的情緒。

莿仔埤圳護水運動

莿仔埤圳護水運動的那幾年，喬大幾乎每星期都回溪州，常常跟蘇大哥有所接觸，也許同樣在企業待過，我們倆的理念特別契合，他經常說：「國隆，你就回來吧！我們理念相同，再加上幾個年輕人和吳老師，一起來打拼。」國隆是喬

大的小名，也只有家人、龔師姐和蘇大哥會這樣叫，可見我們熟識的程度。當時喬大常常會帶同事和朋友來溪州玩，認識溪州，蘇大哥家和他的蕃茄園是我們必定造訪的點。溫室裡面種植的蕃茄皮薄又甜，而且居然二十四小時聽佛經長大，我們稱之為「糖果蕃茄」，除此之外，還有碩大的木瓜和好吃的青葡萄，全部都是友善耕種，不用化肥和農藥。好客的他都叫我們自己摘，而且還不收錢，只希望大家來溪州會很高興。

籽少甘甜多汁的「水蜜芭樂」

老實說會有夢想屋，跟蘇大哥有很大的淵源，喬大一直想有一個自己的空間與平台，所以從回來開始就在尋找適合的地點，可是很不順利，蘇大哥當然也一起幫忙留意找尋，也就是因為他向龔師姐提起這件事，才會促成喬咖啡夢想屋得以矗立在這光路與南充路的人情十字路口，所以說蘇大哥也算是夢想屋的推手之一。

記得喬大回溪州第一年的冬天，以前公司的助理來玩，剛好，一起做公益的李黛玲小姐也同時來訪，我們一起到蘇大哥的蕃茄園採蕃茄，當時蘇大哥剛種下芭樂，品種就叫做水蜜，是一個新品種，他說：「我種的芭樂絕對好吃，而且不施農藥，到時候再採給你們吃。」回程時蘇大哥騎車載著李黛玲，第一次載到明星的他還露出靦腆的微笑。二年過去了，今天喬大終於吃到這籽少甘甜多汁的芭樂「水蜜」，真的沒有吃過這麼好吃的芭樂。

而同時李黛玲傳來訊息，蘇大哥也寄了一箱芭樂給她，沒想到蘇大哥不是隨便說說，真的很守信諾，二年前的事他並沒有忘記。

不姓羅的廖小姐，我會記住妳的姓

——星期五的吐司小姐

咖啡屋裡的吐司口味很多，基本款的就有紅藜、黑米、抹茶、火龍果、蔓越莓，如果再加上季節性水果或蔬菜，那就更多樣。每個星期五早上，喬大總會回想：「上週五羅小姐帶什麼吐司？今天應該要做什麼吐司？」

喬咖啡的手做吐司，在這小小的農鄉僻壤也算小有名氣，因為食材天然，少油少糖，再加上用料實在，不過價位較高，所以也沒有大賣，從以前的每天一爐，到後來只在每週五、六、日出爐，或是有客人預訂時。其實咖啡平日的客人真的不多，不知道從什麼時候開始，有一位小姐總是在星期五來買吐司，也不知道為什麼喬大都稱呼她羅小姐。

這真是個大烏龍

羅小姐是在苗木區的溫室工作，好像是種植蘭花的樣子，所以每次都看到她穿著外套騎摩托車來。咖啡屋裡的吐司口味很多，基本款的就有紅藜、黑米、抹茶、火龍果、蔓越莓，如果再加上季節性水果或蔬菜，那就更多樣。每個星期五早上，

喬大總會回想：「上週五羅小姐帶什麼吐司？今天應該要做什麼吐司？」。因為羅小姐說吐司是她的早餐，剛好我們切成七片，她每天吃一片。所以要思考每週做不同的口味，這樣她才不會吃膩了。

年前的一個傍晚，羅小姐來了，因為接下來要過年，所以要確認羅小姐的需求，請她留下電話，方便連絡。羅小姐給了一組電話號碼，然後說：「我之前有留過電話喔！還有，我姓廖」。我的老天爺啊！這真是個大烏龍，原來，星期五的吐司小姐不姓羅是姓廖，真是太不好意思了！

對不起！不姓羅的廖小姐，喬大會記住妳的姓，還有星期五的吐司。

轉來溪州賣嘎逼，擱幫農民賣農產

——捨不得憨孫的小姑婆

小姑婆總是對著喬大說：「戲棚下站久就是你的，加油！小姑婆絕對支持你。」有一回他們社區志工聯誼，小姑婆把他們帶來溪州吃羊肉、採芭樂，兩台遊覽車八十人，於是我們就在芭樂園喝咖啡與沖咖啡。這應該是創舉也成了一個不同的旅遊模式，而且只有溪州才有。

「這是我的阿孫仔真的有夠憨，啊底累台積電做經理嘸做，轉來溪州賣嘎逼擱幫農民賣農產，伊的嘎逼真好喝。」這是小姑婆每次跟朋友介紹喬大的台詞，總覺得她似乎有點驕傲也有點捨不得這個憨孫。小姑婆是爺爺最小的妹妹，因為只大喬大九歲，可以說從小就看著喬大長大，相對於其他姑婆，自然就親近許多。她與四阿姨金蓮和同學阿泉的姐姐阿丹是國中同班同學，有一回她們一起到家裡來玩，有趣的事情發生了，一個喬大要叫姑婆，一個叫阿姨，另外一個則叫姐姐，相同年紀三種輩份，頓時，她們也混亂了起來，金蓮阿姨說：「阿丹妳要叫我阿姨喔！」小姑婆則說：「阿丹妳也要叫我姑婆。」真的很有趣，當年的景像一直深深烙印在喬大的腦海裡。

溪州黑泥季，昇哥的《歸鄉》演唱會

眾所週知喬大是陳昇的歌迷，而小姑婆從念幼稚園就與昇哥同學一直到國中畢業，甚至連念高職都和他同車上學，當時昇哥讀彰化高工，小姑婆則念彰化高商，不過他們應該不熟。每一年喬大都會去聽昇哥的跨年演唱會，小姑婆總會唸著那是她同學，要喬大一定要帶她去聽，

可是卻一直都沒有成行。二〇一七年是喬大回鄉的第二年，正巧昇哥發了《歸鄉》專輯，十月底的溪州黑泥季，昇哥應邀回溪州開了「歸鄉」演唱會，那是喬大回溪州以來看過最多人的一次，而小姑婆就召集了溪州國中第三屆的同學們，早早拉著紅布條與LED看板佔位置，熱情的擠在舞台前面，支持他們的同學「陳志昇」。

那是一個熱情又讓人難忘的夜晚，近六十歲的一群人一同返回故鄉，大家相聚在一起，支持這個他們生長的地方，支持他們的同學。

在芭樂園喝咖啡，
只有溪州才有

個性活潑開朗的小姑婆總是熱情滿滿，不但是社區的總幹事，還是 Lamingo 棒球隊的

加油團，而且還去學客語，參加客語檢定，帶領社區媽媽們參加客家天穿日的表演，彷彿有用不完的精力。小姑婆也可以說是喬大的頭號支持者，打從決定回鄉開始，她就帶著喬大去認識他們桃園的社區營造團體，然後不時帶同學、朋友或是社區的志工來溪州玩，推銷溪州的農產，也到喬咖啡夢想屋喝咖啡，給喬大最大的支

持。把咖啡屋開在這偏僻的農鄉，一開始的確是很不看好，也真的很困難，小姑婆總是對著喬大說：「戲棚下站久就是你的，加油！小姑婆絕對支持你。」的確是如此，看到喬大辛苦的整理庭園，在烈日下割草，二話不說就送了一台割草機，只要有回溪州，就烙人來喝咖啡。有一回他們社區志工聯誼，小姑婆把他們帶來溪州吃羊肉、採芭樂，當然要來喝咖啡，可是兩台遊覽車八十人，咖啡屋不可能裝得下，於是我們就在芭樂園喝咖啡與沖咖啡。這應該是創舉也成了一個不同的旅遊模式，而且只有溪州才有，當天參與的志工都非常開心，紛紛表示從來沒有這樣的體驗，真的很棒，每個人還提著滿滿的一袋芭樂回去。

老實說，還真的很懷念小時候的時光，當時小姑婆總是帶著喬大到處跑，去土地公廟看布袋戲，分區停電時到百姓公萬善祠樓上看《絕代雙驕》，去日月潭和集集，帶喬大去吃冰。謝謝小姑婆！謝謝您還是一樣呵護著這個憨孫。

科技足墊，解決農民的腰痠背痛

——出身農家的陳董最懂農民的痛

喬咖啡夢想屋除了一般咖啡店的服務外，也是個農產品銷售與知識串接的平台，這也是喬大當初建造夢想屋的初衷。

一期稻作插秧前的上午，咖啡屋裡依舊瀰漫著濃濃的咖啡香。灰濛濛的天空，春寒料峭，可是咖啡屋前的平台卻是充滿熱情。三位專業人員在陳逸弘董事長的帶領下，正在為農民量

測腳型與腿型，好為他們配上一雙科技足墊。年輕的農民平日工作都無法蹲下，一蹲下就往後倒，沒想到一穿上足墊後，居然就能夠輕鬆的蹲下，真是太神奇了。

減輕長久站立的負擔

談起與陳逸弘董事長的結緣，是喬大在科技公司工作的時候，當時為了減輕產線技術員長期站立所產生的病痛，而與歐立達公司合作，將科技足墊以優惠的價格，提供給線上技術員，減輕他們長久站立的負擔。沒想到多年以後居然在一個社團重逢，這一次喬大要為農民請命發聲，因為春耕、夏作、秋收和冬藏，務農的人們，頭頂斗笠，腳踏田地，不是赤腳就是穿著雨鞋，除了悶熱的不適感外，那種簡易材料更是不符合人體工學，長期下來膝關節變形，足底酸痛，腰痠背痛，更增添了務農人的辛苦。

社會處處有溫情

陳逸弘董事長出身於大園的務農家庭，當然對於「誰知盤中飧，粒粒皆辛苦」有更深切的體認。喬大返鄉努力的故事，

喚起了陳董事長澎湃許久的熱情，在喬大的引薦下，於春耕之際，特別安排在喬咖啡夢想屋為農民個別量製科技足墊，並免費贈送給溪州農民，希望拋磚引玉，讓新科技能造福更多辛苦務農的農民們，以解決農民長期站立於田地裡，搬運重物而造成的足底、膝關節的壓力痠痛。

喬咖啡夢想屋除了一般咖啡店的服務外，也是個農產品銷售與知識串接的平台，這也是喬大當初建造夢想屋的初衷。一雙三千多元的科技足墊，一般農民真的買不起也捨不得買，因為這個美好的緣份連結，加上陳董事長的力挺，二十八雙科技足墊免費贈送，而且還答應要開發低價的產品，來造福更多的農民。這樣的情懷讓

出身農家的陳董最懂農民的痛

喬大非常感謝與感動，卻也只能回贈在地溪州的尚水米與有機蔬菜。

社會處處有溫情，有願，或許上帝在冥冥之中，就會為我們打開一扇窗。

黃色風鈴木下的音樂會

——熱情的薩克斯風校長

如果你有到溪州公園的森林區，看到一個很有氣質的女性吹著薩克斯風，別懷疑，那就是林淑貞校長，請記得給她一些掌聲一個微笑。

「喬大，真的好感恩喔！你知道嗎？白沙屯媽祖就真的停在我們的校園；我們的校園真的很漂亮，學生真的好棒。」一聽到這麼熱情，帶點高八度的語調，就知道是林淑貞校長來

了。認識林校長時，她是溪州鄉三條國小的校長，喬大一直認為她是一位外交能力很好的校長，熱情而且有拼勁，在她的任內，學校多元發展，熱愛音樂的她成立口琴社，多次在鄉內各大活動表演，頗受歡迎，而躲避球隊也在縣內比賽獲得很好的成績。每次見到喬大，她總是會提起三條國小那棵大樹，還有他們榮獲全國最美的百大校園。

捕捉最美的片刻

林校長是屏東人嫁來溪州，就住在靠近濁水溪的下壩，熱情且才華洋溢，她經常在溪州公園的森林區吹薩克斯風，對於推展溪州也不遺餘力，總是為來訪的貴賓介紹溪州的景物與故事。二〇一八年她離開服務八年的三條國小，轉任同樣在溪州的僑義國小校長。僑義國小座落在台一線上，公路兩旁從校門口一直延伸到西螺大橋前，是整排的黃色風鈴木，每年三月黃花盛開，總是吸引旅人駐足賞花，捕捉那美麗的片刻。這樣優美的景色，讓林校長興起了在風鈴木下辦音樂會的念頭，一方

面讓小朋友展現音樂方面的才華，另一方面也算是參與了推廣溪州，讓外面的朋友看見溪州。雖然音樂會當天天公不作美，但是小朋友的表現很棒，得到來賓長官的讚許，也承諾隔年將加以協助擴大舉辦。

熊掌樂團，有BEAR而來

熊掌樂團是林校長的薩克斯風樂團，由幾位校長、老師和朋友所組合，是一個具職業水準的樂團，經常應邀到各地演出，也曾經在喬大的咖啡屋表演。喬咖啡夢想屋算是校長常帶朋友或賓客造訪的地方，她總會說：「還好有喬大，在溪州才能享受到這麼好喝的咖啡。」有時她會來帶一條吐司回去吃，有一回天黑了，校長來拿預訂的吐司，可能是很多事情在思考，她寒喧幾句後就離開了，只見她車子剛駛離到十字路口就轉回來，然後很靦腆地笑著說：「喬大，你怎麼也沒說，我都忘了付錢了。」這個校長真的很可愛，溪州能有這樣一位教育工作

者，也真是溪州的福氣。如果你有到溪州公園的森林區，看到一位很有氣質的女性吹著薩克斯風，別懷疑，那就是林淑貞校長，請記得給她一些掌聲一個微笑。

夢想屋，是妳的娘家

——單腳舞動人生的睦卿

喬咖啡夢想屋裡面有一間房間，床鋪衛浴設備俱全，喬大告訴睦卿想來不怕沒地方住，於是乎只要來溪州，他們就住在夢想屋吧台後面的房間裡。過年到了，睦卿說：「每到過年就想到喬大，溪州就像她的娘家一樣。」喬大回說：「既然是娘家，想來就來啊。」

看著她拄著拐杖俐落得上了演講台，然後用她唯一的一條腿曼妙起舞，臉上掛著微笑，卻散發出剛毅的強大氣場。這是喬大與林睦卿的第一次接觸，一位單腳舞者，一個不向命運低頭、鼓動人心的生命故事「單腳舞動人生」，她用僅有的那一隻右腳成為美麗的單腳舞者、驕傲的征服武當山、挑戰溯溪、游泳、攀岩的運動、瘋狂的飆腳踏車、一個人出國遊學，甚至還要挑戰鐵人三項。

失去了左腳，卻走遍全世界

二〇一一年金融海嘯過後，產線同仁歷經前所未有的無薪假試鍊，為了讓同仁惜緣惜福，引領正向的能量，當時擔任科技公司部門主管的喬大，邀請睦卿到公司演講。沒想到四個場次下來好評不斷，很多同仁深受感動與鼓勵，甚至有人當場落

淚。然而睦卿總是掛著微笑，跟大家說她很好，她雖然失去了左腳，依然走遍全世界，還實現了小時候當藝人的心願，更努力走入人群，認識更多好朋友，也不忘記要回饋更多人。

緣份就這麼奇妙，因為這場演講的邀約，喬大與睦卿居然建立起如兄妹一般的情緣。幾年下來，兩人總會相互鼓勵，分享彼此生活點滴，喬大上台北

時會去看看她，睦卿也會利用高鐵中途停車，在新竹站與喬大碰面，就連喬大的女兒也到台北跟睦卿訪談，做為她高中課堂的專題報告。

二〇一六年喬大退休歸鄉，回到溪州賣咖啡推展農鄉，睦卿也歷經結婚生女，生活起了非常大的變化。以往自由慣的人，突然間有個孩子羈絆著，真的是不一樣，可是她依舊樂觀正向，雖然老公經常出差在外，她一個人依然把小孩照顧得很好，而且還到處演講上課，很難想像她只有一隻腳，卻是比其他人都要強。也就是喬大回到溪州的第一個過年，睦卿一家三口展開八天八夜的台灣小旅行，年初二來到溪州喬大家住了兩個晚上，而且還跟喬媽一起回娘家吃辦桌。後來，睦卿跟喬大說這趟旅行，住得最舒服的就是在溪州，她的先生也念念不忘想再找時間來。喬咖啡夢想屋裡面有一間房間，床鋪衛浴設備俱全，喬大告訴睦卿想來不怕沒地方住，於是乎只要來溪州，他們就住在夢想屋吧台後面的房間裡。過年到了，睦卿說：「每到過年就想到喬大，溪州就像她的娘家一樣。」喬大回說：「既然是娘家，想來就來啊。」今年是睦卿第三年回娘家，她在喬

大的ＦＢ上留言：「千言萬語，真的只能意會無法言詞！感謝喬老大的照顧啦！感恩真的是從少女變成婦女：一路走來，點滴在心頭！」

是緣份才會把兩個原來不認識的人拉扯在一起，別忘了，夢想屋是妳的娘家，想回來就回來吧！

那一個教師節

——謝謝妳！莊淑暖老師

過了幾天，喬大接到一個陌生的電話，居然是莊老師打給我，就這樣我們連絡上了，每一年的教師節，我都會打電話給她，祝福她教師節快樂。

國中二年級的時候，有一位莊老師來到溪州國中，教我們國文。當時她剛從學校畢業，很年輕的一位老師，因為很瘦腰很細，同學就給她取了個外號「軟腰ㄟ」。不同於其他老資格的老師，當時的她並沒有那種威嚴，反而比較像鄰家姐姐一樣。教學上不用說，真的是教學認真也教得很好，看喬大的文筆就可看出端倪，而且對於當年叛逆的我多所鼓勵。

國中畢業後，莊老師調走了，再也沒見過面，但是我卻經常想起她。約莫二〇〇六年的某一天，我突然興起想找莊老師的念頭，於是用google 查詢她的名字與國文老師，結果在一筆研習公告上，查詢到雙十國中有同名同姓的國文老師，於是乎我打了通電話過去，接電話的老師跟我說莊老師退休了，線索就這麼斷了。

莊淑暖老師，教師節快樂！

終於找到老師了

過了幾天喬大接到一個陌生的電話，居然是莊老師打電話給我。原來雙十國中的老師很熱心，告知莊老師有學生在找她，就這樣我們連絡上了。每一年的教師節，我都會給莊老師打通電話，祝福她教師節快樂，也曾把溪州尚水米寄給她，可是，老師的身體狀況並不好，說話也不是很清楚，所以每次都沒有聊很久，也曾有念頭想去看她，卻一直被耽擱沒有成行。

今年四月的某一天，我接到熟悉

的電話號碼來電，電話的那頭是師丈的聲音，他說莊老師在過年後沒多久過世了，因為喬大是唯一一個很特別的學生，每年教師節都會跟莊老師問候，他覺得他必須要通知我，等他情緒平穩些再來咖啡屋找我。

莊老師走了，真的讓我很難過，我也在之前的FB抒發過這樣的心情。今天是教師節，再沒辦法打電話給莊老師了，早上曾有念頭想打電話給師丈，可是又怕他難過。午後，學弟夫妻來咖啡屋喝咖啡，我們正好聊到莊老師，有一位中年男子走了進來，是沒來過的陌生客人，他說給我沖杯咖啡吧。我突然有種異樣的感覺，問道：「請問您是？」，他回答：「我就是你們談到的主角。」

頓時我倆眼眶泛淚，原來他就是師丈，他來了。我們談了很多莊老師以前的往事，回憶起她的好。莊老師很幸運嫁給了師丈，她生病的這些年真的辛苦師丈了。

緣份真的好奇妙，這是一個很特別的教師節。

喝一口有溫度、有感情的咖啡

——牽起台日兩地友誼二十年的Ikuko

對於Ikuko的來訪，喬大真的非常高興。因為她以前認識的喬大是一個企業的主管，是一個科技人，如今卻是一個鄉下咖啡屋的經營者，角色變換之大，做什麼像什麼。可是喬大還是喬大，依然是當年那個有著赤子之心，秉持初衷的年輕人，這一點是沒有改變的。

「花蓮、地震 again? I'm very sorry about the news. 加油台灣！」，Line 的訊息傳來 Ikuko 的暖心問候。一九九一年喬大到日本 T I 美浦工廠受訓，當時大概有二百人左右，同時住在土浦的 Marroad Hotel，而 Ikuko 就在 Hotel 的櫃枱工作，同時也協助處理信件。受訓三個月回台後，喬大與幾位同事一直都有跟 Ikuko 連絡，期間她曾經來台灣參加同事 Holy 的婚禮，也表達要來參加喬大的婚宴，但是經過幾次的搬家與工作轉換，喬大與 Ikuko 失聯了。

尋找二十年前的老友

二〇一一年十一月，距離離開土浦剛好二十年，喬大興起想回去看看的念頭，也想要找尋 Ikuko。二十年過去，土浦也有了些許的變化，火車站前小鳥標誌的百貨公司和西友百貨公司都不見了，飯店附近多了一家購物超市和溫泉浴池，不過以前常吃的中華料理，和幾家拉麵店都還在。喬大住在 Marroad Hotel，依照以前通信的地址與照片找尋 Ikuko 的家。不曉得是地址重新整編過，還是其他原因，怎麼樣就是找不到，日本人聽說喬大是從台灣來的，也非常熱心的協助尋找，就這麼一群人攤開地圖，七嘴八舌的討論，甚至帶著喬大到處找，但就是找不到，只好謝謝大家，心想或許無緣只能放棄。

隔天早上到龜城公園散步懷舊，突然看到對面熟悉的影象，那不是 Ikuko 的家嗎？走近一看，果然門牌寫著「宮代」

春の祭典
南大塚
桜まつり
主催 南大塚桜まつり実行委員会
FamilyMart
酒 たばこ
南大塚通り店

二個字。這真是意想不到，就是緣份吧！喬大按了電鈴，一位慈善很紳士的老先生走出來，他是Ikuko的父親（這是喬大第一次見到他，也是最後一次，二〇一六年喬大再回到土浦Ikuko家，老人家已經不在了）。

喬大說明了是Ikuko台灣的朋友，二十年前住在Marroad Hotel，還拿出Ikuko

所寫的信件，老先生馬上說：「喔，TEXAS」，於是打了一通電話給 Ikuko，原來她結婚後定居在東京池袋附近，隔天就約在池袋見了面。

跨海來到溪州

Ikuko 終於連絡上了，這幾年只要喬大有到東京，就會帶著親手烘焙的莊園咖啡，阿里山的珠露茶和鳳梨酥與她分享，而超喜歡迪士尼的她，則常常會回贈迪士尼的甜點或是小禮物。偶爾她會跟喬大分享她女兒鋼琴演奏的影片，或是全家出游的照片，就是老朋友相互分享生活的點滴。

二〇一八年三月，Ikuko 帶著二個女兒來到溪州，她們很雀躍，因為很早就想來了，終於有機會來到喬大的的故鄉，來到夢想屋。喬大招待她們喝咖啡、水果氣泡飲，自家烘培的乳酪蛋糕和司康，還有北斗肉圓，讓她們感受這鄉下人的熱情，以及有溫度有感情的喬咖啡。Ikuko 、Runa 與 Seira 分別在喬咖啡心情留言版留言繪圖，也希望下回能來溪州住一晚。

對於 Ikuko 的來訪喬大真的非常高興，因為她以前認識的喬大是一個企業的主管，是一個科技人，如今卻是一個鄉下咖啡屋的經營者，角色變換之大，做什麼像什麼。可是喬大還是喬大，依然是當年那個有著赤子之心，秉持初衷的年輕人，這一點是沒有改變的。而這一段異國朋友的緣份也會持續下去，喬大想說的是「Ikuko さん，ありがとう！」。

撫慰人心的西達摩

——初嘗人生滋味的妹子

是聽進去了吧！女孩不再哭泣了，喬大沖了一杯西達摩給她，淡淡的茉莉花香，入口有著佛手柑、檸檬微酸的口感，入喉是紅茶微苦的滋味，之後回韻甘甜。喬大說這就像女孩的心情，現在遭遇的是酸和苦，但是一定會遇到對的人，嚐到甜蜜回甘的滋味。

約莫是下午三、四點的時候，咖啡屋外來了一輛黑色的轎車，可是車子停好後，卻許久不見有人下車。走近一看，裡頭一位抽蓄哭泣的女孩，原來是喬大認識的妹子。

妹子是個面貌皎好，身材纖細，講起話來輕柔的女孩，雖然見面次數不多，但是知道她執著、上進、事業心強，在工作上非常有企圖心，所以在事業發展上還小有成就。或許是這個原因，他和男友分手了，非常傷心難過的她開著車，不知不覺就開到咖啡屋來了。

花若芬芳，蝴蝶自然來

喬大聽她泣訴心裡的苦，男友對她的欺瞞與埋怨，還有她的自責。喬大淡淡的說：「緣起緣滅，有就有，沒有就沒有，千萬莫強求，花若芬芳蝴蝶自然來，何苦為難自己。妳是一個

很好的女孩，如果男友不知道把握，是他的損失，妹子應該要珍惜自己，把自己過好才對。」

是聽進去了吧！女孩不再哭泣了，喬大沖了一杯西達摩給她，淡淡的茉莉花香，入口有著佛手柑、檸檬微酸的口感，入喉是紅茶微苦的滋味，之後回韻甘甜。喬大說這就像女孩的心情，現在遭遇的是酸和苦，

但是一定會遇到對的人，嚐到甜蜜回甘的滋味。夕陽下，女孩坐在屋外靜靜的欣賞田野的黃昏景色，喬大送她一朵梔子花，清新的香氣，希望能安慰她的心情。

女孩捎來訊息：「人生透徹懂了之後，改變，力量才會大；不期待，不奢求；若沒有跌了這次，或許不知道怎麼好好的當個女人，一直像個鐵錚錚的漢子，不該是這個樣子。喬大，謝謝陪我走過那痛苦的二〇一七。」女孩過得很好，活得很精彩，希望能夠收到她捎來的喜訊。

人來人往的光路與南充路交叉路口，一個人情十字路口的咖啡屋，故事，總是從這裡開始……

單純好喝的秘魯

——鍥而不捨的林桑

喬大是這麼跟客人形容這支豆子：「就像嚐遍了山珍海味後，吃一碗擔仔麵的感覺，就是單純的好吃；喝了許多不同風味的咖啡，再來喝這支秘魯，啜飲一口就只有堅果核桃香，以及入喉焦糖尾韻的甜感，就是單純的好喝。」

如果你問哪一支咖啡讓喬大覺得很有緣？或許是秘魯吧！這支來自於秘魯 Chanchamayo 產區水洗的豆子，源自於林桑的引薦。林桑是喬大國中老師的朋友，原本是台灣派駐日本的農業外

交官，因為秘魯跟日本的關係非常密切，所以林桑與秘魯的駐日農業代表也很熟識，可是會跟咖啡產生連結也是純屬偶然。

據說，他們原本是在談蘭花種植的合作案，大家都知道台灣是蘭花王國，而地處南美洲的秘魯有熱帶雨林，一些攀藤類的植披或許很適合蘭花的生長，於是他們談著談著居然談到了咖啡，秘魯的代表就跟林桑提到

他們 Chanchamayo 產區的咖啡品質非常好，如果引進到台灣應該還不錯。二〇一七年的八月，一個陽光毫不容情狂曬的午後，陳老師帶著林桑來到咖啡屋，把這一支秘魯咖啡推薦給喬大，而且留下一公斤生豆讓喬大試烘。可是在嚐過之後，覺得與架上陳列的豆子相比並沒有比較突出，只能就不好意思的婉拒了。

入喉焦糖尾韻的甜感

不知道是林桑的鍥而不捨，還是真的有緣，隔年的春天陳老師又帶著林桑來，林桑退休了，又帶一公斤新產季的生豆來給喬大試烘，他說：「今年的品質非常好，中淺烘焙或是中烘焙都很受歡迎。」喬大在一爆後，刻意滑行長一點時間，沒想到，風味真的很不錯。喬大是這麼跟客人形容這支豆子：「就像嚐遍了山珍海味後，吃一碗擔仔麵的感覺，就是單純的好吃；喝了許多不同風味的咖啡，再來喝這支秘魯，啜飲一口就只有堅果核桃香，以及入喉焦糖尾韻的甜感，就是單純的好喝。」於是乎，秘魯就一直出現在喬咖啡的豆單當中，也受到很多朋友的歡迎，在喬大與溪州尚水合作的「啡米不可」禮盒，裡頭的掛耳咖啡包就是秘魯。

午後，Line 出現林桑的訊息：「最近有否需要咖啡豆？我明天有事到員林，可順便帶上去。」喬大立馬回覆：「好喔！麻煩帶十公斤上來。」這支單純好喝的秘魯將會製作成掛耳咖啡包，做為月底一對新人的婚禮小物，也祝福他們能夠永遠單純相愛幸福美滿。

你想喝什麼咖啡？

——手沖五重奏，承襲自京都一乘寺的川西博子女士

大體來說，中南美洲的豆子會比較帶有堅果、核桃、巧克力、焦糖等風味，如果有果香果酸的口感，大多屬於檸檬柑橙方面的香氣。衣索匹亞的豆子則可能會有莓果、百香果、水蜜桃、茉莉花、紅茶等風味。東南亞的咖啡多帶有檸檬皮和草酸。但也不是全然如此，只是粗略的分法。

來夢想屋喝咖啡有個好處，自己可以到杯架上挑選杯子，而且可以挑選你想喝的咖啡，或是由喬大來推薦。杯架上的咖

啡杯都是喬大從世界各地帶回來的非賣品，除了「神車俠侶」和一對貓頭鷹杯不能使用外，其他都可以。

視客人心情，來選豆子

通常喬大都是這麼跟朋友介紹：「你想喝帶果香果酸、堅果核桃巧克力風味，還是完全都不酸的？」有時候客人也會問要如何區別，喬大總是很有耐心的解釋說：「大體來說，中南美洲的豆子會比較帶有堅果、核桃、巧克力、焦糖等風味，如果有果香果酸的口感，大多屬於檸檬柑橙方面的香氣。衣索匹亞的豆子則可能會有莓果、百香果、水蜜桃、茉莉花、紅茶等風味。東南亞的咖啡多帶有檸檬皮和草酸。但也不是全然如此，只是粗略的分法。」如果客人都沒有意見，那喬大就會視客人的心情來挑選豆子。

如果同行喝咖啡的朋友不只一位，喬大會建議以共享的方式，讓大家多嚐嚐不同風味的咖啡。有一位芭樂農造訪喬咖啡後，在他的臉書寫下這段文字：「今天進行芭樂套袋前的梳果，每一主枝保留二～三顆小果實，下一週除草、第二週施肥，下個月應該可以開始套袋了！完工後，造訪溪州南充路與光路交叉口的喬咖啡，喬大特別準備了三支特選的咖啡：巴拿馬的狐狸、瓜地馬拉的卡迪拉斯&衣索比亞的阿格西。分別有果香、

Istanbul
서울
SEOUL

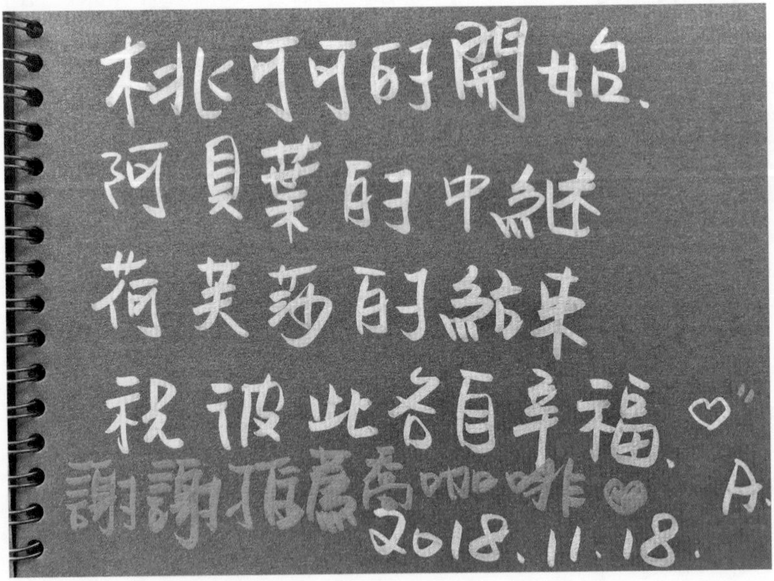
桃可可的開始、
阿貝葉的中繼
荷芙莎的結果
祝彼此各自幸福、”
A.
2018.11.18.

酒香和荔枝或玫瑰花餘韻。在喬大詳細解說下，細細的品嚐三支咖啡，不同溫度下在口中幻化不同層次、不同風味的堅果、水果、花香、酒香，真是非常特殊的體驗，第一次品嚐到如此高品質的咖啡。」

打開豆袋、磨粉、悶蒸、沖泡、品嚐

喜歡喝咖啡的朋友，是否有聽過「手沖五重奏」呢？這應該是喬大發明的詞彙吧！他說手沖的好處在你打開豆袋、磨粉、悶蒸、沖泡、品嚐，五個階段各呈現出不同的風味，五種香氣五種享受。而且他還會教客人如何沖咖啡，每次看喬大豪邁沖咖啡的模樣，總會引起客人的好奇與質疑，這樣不會有雜

手沖五重奏，承襲自京都一乘寺的川西博子女士

味嗎？喬大的手沖技巧承襲自京都一乘寺的川西博子女士，而且咖啡豆採低溫慢火烘焙，就算是豪邁的沖泡方式並不影響咖啡的風味。在一個偶然的機會，喬大造訪了川西女士的咖啡館，進而學習了她的手沖技巧。二〇一八年的秋天，喬大還特別到京都去探望川西老師，除了沖咖啡敬奉老師，還贈送她一包親手烘焙的咖啡。所以有人問：喬大的手沖方式，是屬於河野式還是金澤式？他總會回答是川西式。

你喜歡什麼咖啡呢？下一次有機會到溪州，別忘了到夢想屋喝杯咖啡，看看喬大如何來詮釋他的手沖咖啡。

手沖五重奏，承襲自京都一乘寺的川西博子女士

低溫烘焙的魅力

——來一杯尾韻甘甜清爽的藝妓咖啡

半導體裡面有個製程叫做「低壓化學氣相沉積」，又被稱之為「爐管」，喬大嘗試把一些參數套了進去，找出一條他覺得很好的烘豆曲線，雖然烘焙的時間將近一般烘焙法的兩倍，但是烘出來的咖啡甘醇味美，很受好評。

蟬開始鬼吼鬼叫的星期六午後，一對年輕男女騎著摩托車來到夢想屋，女孩點了一杯果丁丁。磨豆機嘎嘎作響，那股藍莓的香氣瀰漫整個吧台，喬大用他慣用的豪邁手法沖泡咖啡，女孩問：「老闆，你的沖泡方式好特別，是河野式還是金澤式？」喬大回答說：「老實說，我也不知道，這是我日本老師川西博子的沖法，我是跟她學的。」女孩似乎很滿意這杯果丁丁，她告訴喬大是朋友推薦他們來的，因為喬咖啡是屬於低溫慢火烘焙，這樣的手法比較少見，她覺得喝起來很順口回甘，而且body渾厚。

找出一條很好的烘豆曲線

的確如此，喬大的咖啡烘焙啟蒙是新竹佈拉諾咖啡館的小翁，因為喝咖啡與他熟識，有一天他問喬大想不想學烘咖啡？當時還是科學園區科技公司的主管的喬大，心想烘焙咖啡也算

有溫度有感情的
喬
咖
啡
MARVEL

是一種紓壓療癒，所以就跟小翁買了一台小型的手搖烘豆機，由他教授基本的烘焙手法，就這麼烘起豆子來。半導體裡面有個製程叫做「低壓化學氣相沉積」，又被稱之為「爐管」，喬大嘗試的把一些參數套了進去，找出一條他覺得很好的烘豆曲線，雖然烘焙的時間將近一般烘焙法的兩倍，但是烘出來的咖啡甘醇味美，很受同事、朋友的好評。或許就是工程師性格，喬大遂寫成SOP，也教導兒子艾爾頓．喬烘焙豆子。喬咖啡營運後，喬大選購了丹麥設計師Jonas所設計的烘豆機Bullet R1，沒想到把低溫慢火烘焙的方法運用得更好，也受到更多人的喜愛。

女孩回去後，喬大發line告訴朋友她的鄰居來訪，朋友回

覆說：「對啊！那個妹妹有拿到國際咖啡師執照喔，那個弟弟家裡是做爵士鼓的零件，爸爸很會修理發條時鐘，還有收藏黑膠和電風扇」。哇，原來女孩是個咖啡師，難怪她會問沖泡方式，這也引發喬大的好奇與女孩連絡。女孩告訴喬大，她從半年前就沒有買過熟豆，當天買的摩吉安娜在兩分鐘內沖完，真的很甜很好喝，還說

要帶藝妓來請喬大烘焙。

香氣滿屋久久不散

二週後的星期六，年輕的男女果然又來到了夢想屋，帶來一公斤巴拿馬波奎特翡翠莊園的藝妓，要請喬大烘焙。喬大在做完餐點後，立刻啟動Bullet R1，運用特有的低溫慢火烘焙方式烘了這爐藝妓。烘豆子的過程看著咖啡豆脫水、變黃、轉糖化、爆裂，香氣滿屋久久不散。待咖啡豆冷卻，迫不急待的品嚐一杯藝妓咖啡，一入口檸檬、佛手柑、茉莉花香氣直撲鼻腔，蘋果、櫻桃等水果甜味接踵而來，尾韻甘甜清爽，絲毫沒有剛烘好豆子的刺激感，女孩說沒想到低溫烘焙的豆子可以馬上喝，而且在他們回去後給了喬大這樣的訊息：

「喬老大！謝謝你今天的招待，回家的路上才發現你也給太多優惠了吧！一定要來清水找我們，然後下次去溪州再帶清水好吃的鹹麵線，說不定可以結合濁水溪產的蔬果，併出新滋味。感謝喬老大！藝妓真的好喝，低溫烘焙果然強，出色很多，原來這就是低溫烘焙的魅力。」

溪州在哪裡？

——我的青春·我的夢

喬大總是帶大家到吳晟老師的純園，大庄的鳳凰木隧道，還有被他取名為「喬伊之路」的圳南路過了高鐵段的彎道，現在則多了喬咖啡夢想屋。他會帶大家深入田園，介紹溪州的特產，像是稻米、芭樂、火龍果、小蕃茄、葡萄、無花果等等農產品，想辦法幫忙友善耕種的小農行銷。

前陣子有個新竹的朋友跟喬大說：「同學，聽說你的咖啡屋開在溪州喔，那很近啊！我只要從湳雅街過頭前溪就到了，

改天去給你捧場。」喬大笑笑的說：「可是，我是在彰化溪州耶！」其實很多人都不知道溪州在哪裡，台灣有很多地名叫做溪洲，不過都是三點水的「洲」，而且是村莊或是社區，唯一是鄉鎮的，就是彰化縣溪州鄉。溪州、溪州：溪水之洲，位於濁水溪河畔的農業小鎮，在肥沃濁水的灌溉下，孕育了豐富的農作，讓世代農民得以安身立命，更滋養了深厚的文化，詩人吳晟、歌手陳昇、吳志寧……等人都在這樣的農鄉長大。

兒時的記憶，大部份都不見了

彰化縣最南邊的溪州鄉，南臨濁水溪與雲林縣西螺鎮、莿桐鄉相望，東鄰二水鄉與田中鎮，北鄰北斗鎮、西接埤頭鄉與竹塘鄉，是彰化縣土地面積第三大的鄉鎮，但是人口卻不到三萬人。在喬大幼年時，記憶中的溪州非常熱鬧，當時的台糖總公司所在地就在溪州，主要商業區的慶平路附近，就像台北西門町一樣熱鬧非凡，短短的一百公尺就有東方戲院與溪州戲院兩家電影院，四處酒家林立，還有成功旅社、溪州旅社與鴻賓旅

以上兩幀照片，引用自已故南州國小黃樹老師在 FB 分享。

社三大旅館。東方戲院門口廣場是喬大幼時嬉戲的場所，周邊有賣臭豆腐、外省麵、爆米花、切阿麵，阿醜仔的父親清水伯也在這裡賣水果。

台糖公司四周有圍牆，出入口還有崗哨亭，小火車總是載著甘蔗南來北往，鄉民都稱這裡叫做「公司」。公司裡面有一個三角型的公園，裡頭還有一個大大的噴水池，因為地形關係，就被稱之為「三角公園」，小朋友常常會來玩水、打棒球。公司內有學校、幼稚園、日式宿舍，也有一些店家，喬大就是就讀這裡的南州國小。當時台糖總公司已經撤走，但是還有台糖的員工留在溪州，所以學校開放名額給附近的小朋友就讀，一直到台糖的員工全數撤離，南州國小也成了公立小學。

喬大每天上學總是會期待第二節下課時，拿著五元到教室後面霍老頭的燒餅店買個燒餅豆漿；放學後在拾翠樓前的圓環遊玩，再沿著步道走到火車站抽糖果或買冰棒。這些都是兒時的記憶，大部份也都不見了，三角公園變成透天範厝的台糖社區，拾翠樓、日式宿舍、火車站都拆除了，幸好還留下參天的樹林成了森林公園。

溪州
尚水米

不斷前進的這股傻勁

每次在跟朋友或客人分享自己小時候的趣事，以及溪州的前塵過往，喬大常常會感嘆，如果這些都被保留下來，那是多麼豐富的觀光財。在新竹的科技公司工作時，常常帶同事來溪州遊玩，除了成功旅社外，總是帶大家到吳晟老師的純園，大庄的鳳凰木隧道，還有被我取名為「喬伊之路」的圳南路過了高鐵段的彎道，現在則多了喬咖啡夢想屋。喬大會帶大家深入田園，介紹溪州的特產，像是稻米、芭樂、火龍果、小蕃茄、葡萄、無花果等等農產品，想辦法幫忙友善耕種的小農行銷。

這些年，溪州多了很多的年輕人結合一起來行銷溪州。一

個放棄模型賽車設計師的工作，跑回去種一年只有一收，網室草生栽培的葡萄，然後一年可能只有收穫二成而已。一個是被鬼王消遣不切實際卻依然堅持牛耕文化，種牛耕米的拖拖拉拉牛隊長。還有幾個女生放棄都市生活，甘願下鄉風吹日曬，每天在田裡跟農民在一起，只為了土地的永續，推動友善耕種，給農民較好的收益，卻頂著庫存的壓力四處推廣賣米，而且還要絞盡腦汁辦活動，增加溪州這個偏遠農鄉的曝光度。當然也不得不提起喬大，放棄高薪，回到家鄉賣咖啡，南北奔波推農產。或許有很多人笑他們傻，如果不是因為對土地的愛，怎麼會有這股傻勁不斷前進呢？

如果想來濁水溪北岸的溪州，朋友們可以從國道一號北斗交流道下來，或是坐火車到田中站再坐公車過來。濁水溪的黑泥孕育的豐富物產，有著良善的農民守護著這片土地。

「我的故鄉她不美，怎麼形容她；我的故鄉她不美，要如何形容她。」這是歌手陳昇《歸鄉》筆下的溪州，如果你問喬大溪州在哪裡？她就在歸鄉遊子的心裡。

大好文化

大好生活 | 6

歸鄉・溪州・青春夢：喬大與他的喬咖啡夢想屋

作者／陳俊禎
出版／大好文化企業社
榮譽發行人／胡邦崐、林玉釵
發行人暨總編輯／胡芳芳
總經理／張榮偉
主編／古立綺
編輯／方雪雯、章曉春、林鴻讀
封面設計暨美術主編／林佩樺
行銷統籌／胡蓉威
客戶服務／張凱特
通訊地址／11157臺北市士林區磺溪街八八巷五號三樓
讀者服務信箱／fonda168 @gmail.com
讀者服務電話／0922309149、02-28380220
讀者訂購傳真／02-28380220
郵政劃撥／帳號：50371148　戶名：大好文化企業社

版面編排／唯翔工作室（02）23122451
法律顧問／芃福法律事務所 魯惠良律師
印刷／鴻霖印刷傳媒股份有限公司 0800-521-885
總經銷／大和書報圖書股份有限公司（02）8990-2588

ISBN／978-986-97257-7-4（平裝）
定價／NT$：380
出版日期／2019年9月10日初版
定價／新台幣 380元

國家圖書館出版品預行編目（CIP）資料

歸鄉・溪州・青春夢：喬大與他的喬咖啡夢想屋／陳俊禎著. -- 初版. -- 臺北市：大好文化企業，2019.09
232面；15×21　公分. --（大好生活；6）
ISBN 978-986-97257-7-4（平裝）

863.55　　108012497